# Consigue un TUP, viajarás

**Piloto Jim**

Tony Jim

Published by Tony Jim, 2020.

CONSIGUE UN TUP, VIAJARÁS

**First edition. November 4, 2020.**



ISBN: 979-8201148317

Written by Tony Jim.

# Consigue un TUP, viajaras

## Por Tony Jim

# INDICE:

# Las lecturas del mago Melchiades

Aquel gigante era realmente enorme... Vale, de acuerdo, que fuera llamado gigante ya era una buena pista para saber que sería enorme. Pero, por ejemplo: André el gigante, no es que midiera 10 metros de altura como aquel ser... Así qué... La verdad es que imponía... Mi acompañante, la escuchimizada elfa, realmente se veía mucho más escuchimizada al lado de aquel enorme ser... No sé cómo íbamos a salir de esa... Nada nos hubiera hecho pensar unas horas antes que acabaríamos así cuando...

Galopábamos la elfa y yo en nuestros caballos por las frías tierras del Norte. Nuestro destino: el castillo del mago Melchiades. Los aldeanos del lugar nos habían dado indicaciones para llegar a la morada del tal Melchiades. Había que seguir el camino del Norte, pasar un puente y llegaríamos entonces a una pequeña fortaleza donde había establecido su residencia, no hace demasiado tiempo, el poderoso mago Melchiades. Un mago que por lo que habíamos oído, obraba milagros utilizando sus poderes mágicos.

Al poco, vislumbramos el susodicho puente. Pero una criatura grotesca salió de debajo de él y se interpuso en nuestro camino. Era un ser un tanto horrible y peludo, con tan solo un taparrabos y un gran garrote en sus manos. Al llegar a su altura, este dijo:

—¡Alto!, ¿quiénes sois?

—Somos una compañía aventurera —aclaré yo.

—¿Cómo que una compañía aventurera? Yo solo veo a dos personas, ¿dónde está el resto?

—Ya estamos... —dijo mi acompañante élfica.

—Bueno, somos una compañía pequeña, pero muy poderosa, he de añadir —añadí yo.

—¿Muy pudorosa?, pues no lo parece, viendo el escote de la elfa...

—Poderosa —corrigió la elfa.

—¿Poderosa?, pero si solo sois dos: una elfa escuchimizada y un tipo bajito y regordete.

—¿No ha oído aquello de que las apariencias engañan? —añadió la elfa.

—No lo veo claro, tratáis de engañarme... No sois una compañía aventurera —dijo la criatura.

—Bueno, pues digamos que somos un dúo aventurero —dije yo.

—Eso ya podría ser. Pero la elfa esta, no sé, parece más bajita de lo normal.

—Es que de pequeña fumaba mucho y no ha dado el estirón, se ha quedado así de canija, la pobrecita —aclaré yo.

—¡Ah, vaya! Lo siento, aunque sí que parece bien desarrollada como hembra.

—Bueno, una cosa no quita la otra, yo también parezco que he crecido más a lo ancho que a lo alto. Aunque tiene usted razón, que la elfa tiene un buen par...

—Vale ya, ¿no?, que estoy aquí delante. Ya está bien de hablar de mis atributos femeninos —dijo la elfa algo irritada.

—No, no, si yo lo que iba a decir, es que tienes un buen par de orejas puntiagudas, por lo que está claro que eres una elfa. Solo hablaba de tus atributos élficos. Aunque por supuesto el resto de tus atributos también son dignos de mención, claro está —aclaré yo.

—Se acabó ya lo de hablar de atributos, prosigamos nuestro camino —zanjó la conversación sobre sus atributos la elfa.

—Un momento, si quieren pasar por el puente me han de pagar —dijo la criatura.

—Vaya, qué curioso, esto es un peaje (he vivido varios años en Cataluña y sé muy bien qué es un peaje) —dije yo.

—No, no, no soy ningún paje, yo soy un trol —dijo la criatura.

—No, un peaje, p-e-a-j-e. Un *peaje* es un dinero que se paga por usar un camino privado.

—Eso, pagar, pagar —dijo el trol.

—¡Ups! Nosotros no tenemos dinero. Claro que podemos ofrecerle otra cosa noble trol, no sé, quizás una bella dama, por ejemplo —dije mirando a la elfa.

—¿Y de dónde sacamos una bella dama? —dijo ella.

—¿Y tú me lo preguntas?

—Ah, no, no.

Entonces me acerqué al oído de la elfa y le dije:

—Tú te quedas con el trol y luego, cuando esté confiado, pues le atizas y ya está, te escapas.

—¿Y por qué no le atizo ahora? —dijo ella.

—No tendríamos que llamar la atención. Recuerda que estamos en una misión ultrasecreta y que por ello vamos de incógnito.

—A ver, déjame probar una cosa —dijo la elfa.

—Bueno, ¿qué estáis cuchicheando por ahí? —dijo el trol.

—A ver, es que, sabemos que este camino es del vizconde del Ojo Tuerto y este ha declarado todos sus caminos de utilización pública, por tanto, no puede usted cobrar ningún peaje por la utilización de los mismos, ni por ningún derecho de tránsito, pues este no se le ha concedido ni a usted, ni a ningún otro trol, como concesión para que pueda cobrar dicho derecho de tránsito llamado *peaje* —dijo mi acompañante élfica.

—¿Cómo? ¿Que el camino es del vizconde del Ojo Tuerto? Se va a enterar el tipo ese, le voy a dejar tuerto del otro ojo con mi garrote —dijo el trol algo molesto, por lo visto.

—Nosotros simplemente nos limitamos a constatar este hecho —añadió la elfa.

—Verá el conde bizco ese, ¿dónde vive el tipo ese tuerto? —dijo el trol.

—Por ahí —dijimos la elfa y yo señalando hacia nuestras espaldas.

—Verá cuando le agarre, ladronzuelo de caminos —iba diciendo el trol, mientras nos pasaba yendo hacia la dirección que le habíamos señalado.

Nosotros aprovechamos que el trol ya no estaba en medio del camino y así continuamos nuestra marcha atravesando el puente.

—Ya le dije, Sr. Jim, que este disfraz que me ha dado no es buen disfraz para pasar como una elfa —dijo la elfa.

—Que sí, que sí, que es lo que suelen llevar los elfos, mayas ajustadas y mariconadas de esas.

—¿Y lo del escote?

—Bueno, eso he de reconocer que es una estrategia mía propia, no es una cosa que suelan llevar los elfos, las elfas tal vez —aclaré yo.

—¿Cómo que una estrategia?

—Bueno, así la gente se distrae y no presta atención al resto del disfraz.

—Pues vaya gracia, con el frío que hace por estas tierras y me hace ir así tan escotada, ya le tengo dicho que mi punto débil es el pecho, que enseguida me coge frío.

—Yo no diría que el pecho es su punto débil, es un atributo que tiene muy desarrollado.

—A ver, quiero decir que me afecta más el frío en esta zona, es una zona más delicada.

—Ah.

Y así, cabalgando un rato más llegamos al castillo del mago Melchiades. Era una construcción de piedra con un torreón. Era un castillito, más bien, pues no era muy grande. La puerta principal tampoco era muy grande y no estaba cerrada. Tampoco apreciamos ningún tipo de vigilancia o guardias en dicha puerta. Lo que nos hizo pensar que se trataba de un mago poderoso, que no necesitaba ninguna defensa, al menos física o humana, para protegerse. Si había defensas de tipo mágico eso ya era otra cosa. En cualquier caso, como nuestra misión lo requería, entramos en dicho castillo. Después de subir unas escaleras llegamos a una gran estancia. En ella había una figura encapuchada de espaldas a nosotros, que parecía estar trabajando en una mesa de laboratorio, llena de cachivaches, alambiques, probetas humeantes y demás.

—¿Mago Melchiades? El mago Melchiades, supongo —dije yo.

La figura se giró hacia nosotros, se retiró la capucha, descubriendo una cara *reptiliana* y dijo:

—Efectivamente.

—Nos envía el glorioso Imperio Cardasiano para investigar su caso.

—¿Qué caso? —preguntó el mago Melchiades.

—A oídos del Imperio han llegado rumores de que un ciudadano cardasiano estaba utilizando tecnología cardasiana en este planeta atrasado, tecnológicamente hablando, al menos. Y entonces decidieron enviarnos a este planeta, a mí y a mi acompañante vulcana, Sonik, para ver si era cierto, y en tal caso, detenerle.

—Pues así es, pero no veo por qué han de detenerme.

—Bueno, no es que el Imperio tenga una especie de *primera directiva*, que diga que no se pueda utilizar tecnología avanzada en culturas primitivas. Pero el Imperio no quiere que todo esto llegue a oídos de la Federación y que estos relacionen al Imperio con actos que ellos consideran, en cierta manera, delictivos o cuanto menos reprobables.

—Resumiendo, el Imperio no quiere problemas —resumió la vulcana.

—Verá, supongo que conoce las leyes de Arthur C. Clarke.

—Así es.

—Pues recordará que hay una que dice algo así como que cualquier tecnología superior es vista como magia para los seres que no conocen dicha tecnología.

—Así es.

—Pues es lo que hago yo en este planeta y por eso me he ganado el calificativo de mago. Utilizo nuestra tecnología superior, del siglo XXIV, para ayudar a estas pobres gentes.

—Eso hemos oído entre los lugareños: que usted es un gran mago, que utiliza sus poderes para hacer el bien y ayudarles, curarles de ciertas enfermedades o lesiones, y cosas por el estilo —dijo mi acompañante vulcana.

—Efectivamente, por eso han podido acceder sin ninguna dificultad a esta estancia, mi puerta está abierta para todos los que quieran y necesiten de mi ayuda.

—Pues en el camino hay cierto trol que puede disuadir a las gentes del lugar de venir a visitarle —dije yo.

—Obviamente los lugareños evitan venir por el camino del puente.

—Sea lo que sea, lamentándolo mucho he de detenerle y llevarle conmigo ante las autoridades cardasianas —insistí yo.

—Sr. Jim, ya le he comentado que mi labor aquí es muy importante y totalmente altruista. Aparte de que usted mismo lo ha podido comprobar hablando con los aldeanos del lugar.

—No dudo que usted obre con altruismo, yo simplemente cumplo órdenes y he de detenerle.

—Yo le conozco a usted, Sr. Jim, y sé que es un gran héroe galáctico, que también es una persona que actúa por altruismo y que, al menos, intenta ayudar a la gente, aunque parece más centrado en rescatar a damiselas en peligro. Vamos, que ayuda a la gente en general, pero preferentemente a gente femenina.

—Así es, aunque obviamente no hago distinciones de sexo o género, intento ayudar a todos por igual: mujeres, niños, hombres y alienígenas varios. Si en cierto periodo de mi vida solo ayudé a damiselas en peligro, fue un hecho puntual, un hecho coyuntural, quizás fruto de la casualidad.

—De cualquier forma, yo creo que en mi caso también podría ayudarme y no denunciarme a las autoridades cardasianas —dijo el mago.

—Ya le he dicho que yo soy un simple asalariado que cumple órdenes, ya sé que sus intenciones para con esta gente son totalmente nobles y dignas de elogio.

—Recuerdo que cuando tuvo que entregar a la alienígena llamada Xeni-Guay al Imperio, usted hizo la vista gorda y la dejó escapar.

—Oiga, ¿cómo sabe usted eso? ¿Tiene usted también el poder de leer las mentes? —pregunté algo extrañado.

—Pues no, lo he leído en una publicación de sus aventuras realizada por usted mismo.

—¡Mecachis! Ya sabía yo que era peligroso eso de publicar mis aventuras.

—Ya ve que soy una persona culta y que me gusta documentarme en profusión.

—De todas maneras, aquel caso era distinto. Ya supongo que conoce la gran amistad que me une a la bella alienígena llamada Xeni-Guay.

—Pero usted me acaba de decir que no hace distinciones ni de sexo, ni de genero, ni de raza. Y no es propio de un héroe galáctico que solo ayude a sus amigos o amigas. Un héroe tiene que ser honesto y ayudar a todo tipo de gentes que hagan el bien como él.

—Esto..., la verdad es que tiene usted razón, mago Melchiades, me ha convencido. Les diré a mis superiores del Imperio Cardasiano que, en nuestra misión de reconocimiento, la vulcana y yo no encontramos nada digno de mención, solo a un trol. Y que los rumores sobre un mago poderoso son solo eso, rumores.

—De todas formas, señor Melchiades, intente usted no llamar mucho la atención y siga siendo lo más discreto posible —añadió mi acompañante.

—De acuerdo, así obraré, gracias por todo.

Y así nos pusimos de nuevo en marcha, en dirección al escondite donde teníamos oculta la pequeña lanzadera que nos había traído a aquel primitivo planeta.

—Señor Jim, me ha quedado una dudilla —dijo Sonik, la vulcana.

—¿Sí, qué cosa? ¿Cuál duda?

—¿No habrá usted también publicado aquella misión de reconocimiento que hicimos juntos?

—¿Cuál misión de reconocimiento?

—Aquella en la que por el camino nos surgió un imprevisto.

—Hay que ver qué misteriosos sois los vulcanos. ¿De qué imprevisto me hablas?

—Aquel imprevisto, aquella cosa que me pasa cada siete años, bueno, que nos pasa cada siete años a los vulcanos, en general, digo.

—¿Cada siete años? Como no sea... ¡Ah, sí!, aquello, sí, sí.

—¡¿Que lo publicó también?!

—No, no, digo que ya caigo, que sí, que sí que sé lo que es.

—No lo ha publicado entonces, ¿no?

—Eso es. Hasta la fecha no lo he publicado. Ya me conoces, procuro ser lo más discreto posible. En esta profesión mía se tiene que ser lo más discreto posible.

—¿Profesión suya? ¿Se refiere a ser espía cardasiano? Sí, tiene razón, los espías destacan por su discreción.

—No, no. Hablaba de ser héroe galáctico.

—Ah.

—Si tuviera que publicar por fuerza, quiero decir, algún hecho comprometido, que implicara a varias personas, obviamente cambiaría los nombres para que no se supiera quiénes son, como en las películas basadas en hechos reales, vamos.

—Está bien pensado.

—Claro, para que veas que ver pelis tiene sus ventajas.

—Ya veo, ya.

—Oye, pero tú tampoco habrás contado nada de nuestras aventuras a nadie, ¿no?

—¿Yo?, para nada. Bueno, a mi madre sí, claro, y a algún que otro amigo de total confianza, por supuesto. Ya sabe que nosotros los vulcanos somos gente muy discreta.

—Vaya, es que si publico una cosa que ya sabe la gente... Pues no sé, pierde su gracia, es como si perdiera lectores, al menos, posibles lectores.

—Claro, claro. Le puedo asegurar que esos lectores ya los tiene perdidos, que nosotros los vulcanos no leemos cualquier cosa, solo cosas totalmente cultas, no leemos ni el *Hola Espacial*, ni el Space *Hello*, ni la *Superpop* galáctica, ni el nuevo *Nuevo Vale*, ni la revista *Más allá*, ni...

—Vale, vale, ya me hago una idea.

—Por tanto, tampoco leeríamos sus aventuras.

—Hombre, gracias. ¡Ostras, el trol!

—¿El trol?, ¿qué trol?

—Aquel de allá, allá enfrente nuestro, a lo lejos.

—Ah, el trol de antes. Lógicamente, si seguimos el mismo camino de vuelta que el de ida, es normal que nos encontremos con el mismo puente y con el mismo trol del puente. Me pareció que el mago Melchiades dijo algo de un camino alternativo que usaban los aldeanos para no tenerse que cruzar con el trol.

—Claro, claro. Pero los caballos estos no tienen GPS, yo he seguido el mismo camino, no conozco ningún otro.

—Bueno, cabía la posibilidad de que el trol no hubiera regresado de buscar al vizconde ese que le dijimos a la ida. Pero como usted se enrolla tanto, pues el trol ha tenido tiempo de ir y volver.

—Claro, claro, la culpa siempre la tengo yo.

—¿Ahora me negará que usted se enrolla sobremanera?

—Sin comentarios. Bueno, en cualquier caso, creo que tengo la solución.

—¿Sí?, ¿cuál es?

—De nuestra última aventura, aquella de la trata de verdes, conservo una barrita dorada, que es una especie de chocolatina o barrita energética, no lo tengo muy claro. Y al igual que lo hicimos pasar por un lingote de oro prensado, lo podemos usar como pago del peaje por pasar por el puente del trol.

—¿Y cómo es que lleva encima una chocolatina de esas?

—Bueno, es que yo soy un poco *hobbit* y siempre me gusta llevar comida encima, por si acaso. Nunca se sabe...

Así llegamos a la altura donde estaba el trol aguardándonos con su garrote.

—Ah, son ustedes de nuevo. La compañía aventurera de tan solo dos miembros.

—Bueno, estamos abiertos a nuevas incorporaciones —añadí yo.

—Pero bueno, que un trol no pega mucho en una compañía aventurera de las buenas, digo, de los buenos —agregó la vulcana Sonik.

—No, tranquilos, yo ya tengo trabajo aquí, vigilando el puente. Que, por cierto, al conde ese bizco no lo he encontrado, pero he pensado que, tarde o temprano, pasará por este puente y me he vuelto para seguir con el negocio y aparte esperarle para cuando pase.

—Bien pensado. Nosotros ya nos marchamos de estas tierras.

—Bueno, como gusten, pero esta vez no se van a ir sin pagar, ¿eh? Que les tengo echado el ojo.

—Sí, sí, tranquilo, toma —dije lanzándole la barrita chocolateada de la que habíamos hablado antes.

—¿Y esto, qué leches es? —dijo el trol mirando la barrita con cierta extrañeza.

—Pues no sé si lleva leche... Pero es un valiosísimo lingote de oro. Creo que habrá suficiente para pagarte tanto la ida como la vuelta.

Entonces el trol hizo lo típico que se hace con las cosas de oro: medallas, monedas y demás. Le dio un mordisco para comprobar su calidad. Claro que, al ser una barrita energética chocolateada, se desprendió un trozo de la misma en la mugrienta y desdentada boca del trol, pero a este no pareció importarle y se puso a masticar lentamente, cual vulgar rumiante.

Nosotros por nuestra parte, algo extrañados, seguimos nuestro camino, puesto que el trol ya parecía contento y distraído comiéndose el pretendido lingote de oro.

Continuamos por el camino bastante rato más, cuando de repente nos encontramos de frente con un aldeano que andaba con premura hacia nosotros.

—Buenos días, aldeano. ¿Qué ocurre?, ¿por qué andáis con tanta premura? —pregunté yo.

—Voy en busca del mago Melchiades porque un gran mal acecha a nuestra aldea —respondió él.

—No te preocupes, nosotros iremos en ayuda de tu aldea, puesto que somos una valiente compañía aventurera dedicada a ayudar a las gentes de este lugar.

—¿*Nosotros*, se refiere a ustedes dos?, pero si solo son dos personas, ¿cómo pueden llamarse *compañía*? —dijo el aldeano con cierta extrañeza

—Bueno, pues somos un dúo aventurero y no se hable más, que por su premura debe ser un mal inminente el que acecha su poblado. Indícanos como llegar a la aldea —dije yo.

—Por ahí —dijo el aldeano señalando su espalda, tras lo cual siguió su camino.

—A ver, ¿no nos marchábamos ya? —preguntó la vulcana.

—Bueno, hemos dicho a Melchiades que procurara utilizar lo menos posible sus *poderes*, que no se hiciera notar demasiado, así que si nosotros resolvemos el tema este del mal que acecha la aldea es un trabajo que ahorramos al mago Melchiades.

—Visto así...

—Además, un gran héroe como yo nunca desaprovecha una oportunidad de ayudar a gentes en peligro. Debe ser aquello de *deformación profesional* o como se diga.

—Sí, nunca he tenido claro el dicho, no sé si es *de formación profesional* o *por deformación profesional*.

—No tenemos tiempo de disquisiciones semánticas, aunque ya sabes que a mí me apasiona el tema, pero unos aldeanos están en peligro. Además, tenemos que resolver este tema, antes de que el aldeano avise a Melchiades y este venga para usar de nuevo sus habilidades y tecnología del siglo XXIV.

Así pues, espoleamos a nuestros caballos y nos dirigimos hacia la aldea sobre la que se cernía un enorme mal. Y sí, realmente era enorme y enseguida vimos de qué se trataba. Un gigante andaba por la aldea con actitud destructiva, atemorizando a los lugareños.

—Bueno, pues ya estamos aquí, ahora explícame cómo vamos a vencer a ese enorme ser —dijo la vulcana.

—Pues mira, conservo de mi época en la Federación una de estas pistolas de la Federación, un *fáser*, vamos.

—A ver, ¿pero no hemos quedado en que no debíamos utilizar tecnología del siglo XXIV?

—A mí no se me ocurre otra cosa, dime tú cómo vamos a vencer al gigante si no. Además, siempre podemos decir, como en el caso del mago Melchiades, que es simplemente magia, que es un rayo mágico o algo así.

—Está claro que yo no alcanzo su hombro, así que no puedo hacerle un pinzamiento vulcano.

—Pues ya está —dije disparando con el *fáser* al gigante.

Este pareció notar cierta molestia al recibir el rayo del *fáser*, pero no parecía sentir ningún dolor agudo, ni mucho menos quedó paralizado o cayó derribado. Se giró en cambio hacia donde estábamos nosotros y comenzó a avanzar hacia nuestra posición con cara de pocos amigos.

—No me digas que has puesto el *fáser* solo en posición de aturdir —me recriminó Sonik.

—No, no, para nada, ya he visto que es un enemigo de gran tamaño y lo he puesto a máxima potencia, en posición de destrucción total. A ver, espera un momento, voy a probar a poner el *fáser* en superdestrucción máxima total.

Así lo hice y volví entonces a disparar al enorme ser que caminaba hacia nosotros. Esta vez pareció dolerle algo más, pero tampoco cayó redondo a nuestros pies y continuó en cambio hacia nosotros con más cara de enfado aún si cabe. Entonces, de repente, oímos las siguientes palabras:

—Criatura del averno, ¡disponte a morir!

Se trataba del mago Melchiades, que no se sabía muy bien de dónde había salido y que se dirigió con resolución hacia el enorme y enfadado ser.

—Anda, ¿de dónde sale este ahora?, ¿cómo ha podido llegar tan rápido al poblado? —me pregunté yo.

—Pues sabiendo que utiliza tecnología avanzada de nuestro siglo, he de suponer que simplemente se ha teletransportado hasta esta ubicación —aclaró Sonik.

—Ah, mago Melchiades, he oído hablar mucho de ti, veremos si eres rival para mi extraordinaria fuerza —bramó el gigante.

El mago cardasiano se acercó más al ser enorme, agitó sus manos con cierto aire ceremonioso, tras lo cual dejó caer un par de pequeños objetos a los pies del gigante.

—A ver, Sony, ya sabes que yo soy corto de vista, ¿qué es lo que ha arrojado el mago a los pies del gigante?, no lo distingo bien desde aquí —y eso que llevaba gafas—, son como unas runas o unas tabas o unas cuentas mágicas, ¿no?

—Pues no lo parece, yo diría que son un par de dados.

—¿Unos dados?, vaya, parece que el mago Melchiades aparte de ser aficionado a la lectura, también lo es a los juegos de rol.

—Pues el gigante también, parece que también es aficionado a esos juegos que dices, porque también ha lanzado sus dados.

Efectivamente, el gigante había agitado una de sus enormes manos, y había arrojado unos daditos junto a los lanzados por el mago Melchiades. Tras lo cual ambos miraron de cerca los resultados obtenidos en sus respectivas tiradas. Y luego el gigante dijo:

—Esta vez me has derrotado, mago Melchiades, veremos qué ocurre en nuestro próximo encuentro, porque te prometo que no te has librado de mí y volveré cuando me haya recuperado —y seguidamente se dio media vuelta y comenzó a caminar dando enormes pasos.

El mago Melchiades se acercó a nosotros:

—¿Qué tal estáis, chicos? ¿Habéis sido heridos por el gigante? Os puedo hacer un curar heridas leves si es preciso.

—No, no. Tranquilo, mago Melchiades, estamos bien, solo un poco sorprendidos por lo que acabamos de ver.

—Ah, la batalla. Bueno, en este mundo hace tiempo que se decidió abolir la violencia y cuando hay alguna disputa, pues se resuelve con dados, como habéis podido comprobar. Representa que cada persona de este mundo tiene unos atributos numéricos concretos, obtenidos por hazañas previas, trabajos realizados, compra, herencia, etc. Y la tirada se suma a estos atributos. Yo al ser un mago poderoso, que he hecho muchas buenas acciones, tengo unas puntuaciones bastante altas, lo que me permite vencer a un gigante con solo una tirada de dados, si los dados me son propicios, claro. También podría haber sacado una pifia.

—Lo que yo decía: rol.

—¡Fascinante! —añadió la vulcana.

—Bueno, pues nosotros nos marchamos ya, que estamos demorando nuestra partida. Lo dicho, a cuidarse y a vigilar lo que se hace, que no queremos que nadie moleste a este pacífico mundo. Me agradaría echar una partidilla con vosotros, pero tengo obligaciones que cumplir. A ver si con más tiempo nos vemos de nuevo.

—Cuando guste, señor Jim.

Y así nos despedimos y partimos de tan curioso mundo.

# ARRESTADO POR ALIENÍGENA

—A ver, a ver... no acabo de ver claro de que se me acusa... —dije al hombre que tenía en frente en la pequeña pantalla de comunicación de la nave estelar Destinity.

—Sr Jim, me ha dicho que se llama, ¿no?

—Así es —respondí yo.

—Verá, en realidad todavía no le he dicho de qué se le acusa. Le decía, que represento a la Federación del Sur del planeta al cual se hallan ustedes próximos, y como tal representante, venía a arrestarle... —explicó el hombre de uniforme azul desde el otro lado de la pantalla.

—Sigo sin verlo claro, ¿me está diciendo que usted como representante de esa organización tiene que detener a todo el que pase próximo a su planeta?

—No, no es eso, solo vengo a detenerle a usted. Y el estar aquí próximos a nuestro planeta no es el hecho delictivo en sí, si no una prueba más del delito...

—¿Cómo es posible? ¿No querrá usted detener a la bella Mary Pax, que es la propietaria de esta gran nave, la Destinity?

—¡Eh, oiga señor Jim, a mí no me meta en sus follones! Que yo solo le estaba haciendo un favor acercándole al Imperio Cardasiano —protestó Mary Pax desde detrás de mí.

—No es el caso, Sr. Jim. El hecho delictivo, tenemos la certeza, sólo lo ha podido cometer un hombre. Y en la nave en que viaja usted, el único varón es usted mismo.

—La verdad es que he de reconocer tal hecho, el de mi supuesta hombría, no el hecho delictivo, claro... Es una gran nave, y no me ha dado tiempo a recorrerla toda, pero no me ha parecido ver a ningún otro hombre por aquí dentro... —reflexioné yo.

—Yo le confirmo que es así, el único hombre abordo en estos momentos es usted —afirmó la bella Mary Pax.

—A ver, a ver, me resisto a creer que yo soy el único sospechoso de tal hecho... que, por cierto, aún estoy esperando que me diga que hecho es —agregué yo.

—Es un hecho lamentable, un hecho tan lamentable que nos ha hecho parar la guerra que hace años tenemos con la Confederación del Norte, para investigar el tema, imagínese, detener una guerra ancestral y legendaria que enfrenta a los dos grandes grupos de un planeta....

—Ajá, ya está claro el tema: seguro que han sido sus rivales en esa guerra que me dice que tienen ustedes con otra región de su planeta, deduzco, los que han cometido el delito del que pretende acusarme...

—No, eso está descartado, ellos no poseen la tecnología necesaria para encubrir el delito. Y, además, nuestros espías infiltrados tras las líneas enemigas, nos confirman que ellos también han sufrido dicho acto terrorista.

En aquel momento, la pantalla se dividió en dos partes, y en la otra nueva parte apareció un nuevo señor, este ataviado con un uniforme gris, el cual dijo:

—Oiga, ¿qué hace usted hablando con nuestro prisionero?

—Querrá decir usted nuestro prisionero, el prisionero de la Federación del Sur respondió el señor del uniforme azul, que extrañamente se giró hacia el lado donde estaba la partición de la pantalla, como si realmente el señor de gris estuviera a su lado.

—Para nada, quiero decir lo que he dicho, se trata de un prisionero de la Confederación del Norte, al cual se le acusa de un grave delito... —dijo el señor de gris, también encarado hacia la partición que dividía en dos la pantalla.

—Ostras, otro igual, que pesados son esta gente del planeta este... cansinos —me lamenté yo.

—Vaya follón, ¿y que pruebas tienen contra el señor Jim? —preguntó Pax acercándose a la pantalla dividida en dos.

—Es evidente, nadie en nuestro planeta tiene una tecnología tan avanzada para ocultar o/y causar tal daño, en todo el planeta y al mismo tiempo... —dijo el señor de uniforme gris.

—Así que está claro, que ha sido alguien externo a nuestro planeta, y esta es la única nave extraña que se encuentra en estos momentos cercana al planeta. —dijo el señor de azul.

—Y es evidente que ha tenido que ser un señor el que ha causado tal daño —agregó el señor de uniforme gris, el de la llamada Confederación del Norte.

—A ver, a ver, pero me quiere explicar alguno de los dos, que es lo que ha pasado, que es lo que ha ocurrido, de que se le acusa al Sr. Jim, que es eso tan grave que ha ocurrido en todo su planeta al mismo tiempo —preguntó Mary Pax.

—De la noche a la mañana, de un día para otro, todas las mujeres en edad fértil del planeta han amanecido embarazadas —explicó el señor de uniforme azul.

—Lo que ha hecho que se paralizara la guerra que se lleva librando durante años entre nuestras dos facciones, debido a la alarma e impacto social que ha causado tal hecho —agregó el señor de uniforme gris.

—Y todos nuestros esfuerzos se han centrado en averiguar lo que ha ocurrido... o, mejor dicho, como ha podido ocurrir...

—Sí, evidente, ya tenemos una edad todos los presentes, y sabemos cómo suelen ocurrir estas cosas... una noche de locura, de desmadre... —añadí.

—Por supuesto, hemos llegado a la conclusión de que ha sido alguien externo al planeta, es decir, obra de alienígenas...—dijo el señor de uniforme gris.

—Ya podría ser, en la vieja Tierra, había leyendas de que los alienígenas iban abduciendo a muchachas a las que dejaban embarazadas por extraños y arcanos motivos —dije.

—Ajá, reconoce usted su culpabilidad.

—No, no, no... para nada, solo era un comentario, aquello eran antiguas leyendas y rumores, nunca se llegó a demostrar nada, y tampoco parece que fuera una cosa que ocurriera a gran escala —traté de aclarar.

—En cualquier caso, está claro, que el único hombre ajeno a nuestro planeta es usted... Ha tenido que ser usted a la fuerza —insistió el hombre de uniforme gris.

—Vamos, hombre, no pensaran ustedes que me he pasado yo toda la noche en su planeta de juerga... «conociendo» íntimamente a todas las mujeres de su planeta...

—Todas las mujeres en edad fértil, que conste —puntualizó el señor de uniforme azul.

—Y por tanto, susceptibles de quedarse embarazadas —añadió el señor de uniforme gris.

—Imposible, por muy pequeño que sea su planeta, deben ser millones de mujeres, como poco... —dije yo.

—Así es, pero desconocemos sus «habilidades» de alienígena...

—Ahora que menciona el tema, me suena también alguna leyenda terráquea, o tal vez algún tipo de escrito, de alienígenas tentaculares, con infinidad de tentáculos, cada uno de los cuales...

—Señor Jim, por favor, no les de ideas —me interrumpió la bella Mary Pax.

—Bueno, solo lanzaba una hipótesis... Si realmente existieran dichos alienígenas tentaculares, y claro, dependiendo del número de dichos tentáculos por cada alienígena, cuantos alienígenas harían falta para dejar embarazadas a una población de varios millones de mujeres en edad fértil, claro está...

—Hombre, señor Jim, no siga por ahí, que no están las cosas para problemas matemáticos... Que el asunto es serio, y estos señores no están muy contentos con usted —dijo Mary Pax.

—Eso, menos cachondeo, que no nos confundirá con su verborrea, Sr. Jim. No escapará de su justo castigo —sentenció el señor del uniforme azul.

—Recuerdo también una célebre obra literaria, que posteriormente fue llevada al cine, en un par de ocasiones como mínimo, en la que unos alienígenas también embarazaban a la población de una pequeña localidad, y luego nacían unos niños muy «traviesos», que tenían intención de dominar el mundo o algo así... —expliqué yo.

—¿Reconoce entonces su culpa, Sr. Jim? ¿Y además nos aclara cuáles son sus intenciones: que sus vástagos dominen nuestro mundo? —insistió el hombre de uniforme gris.

—No, no, para nada, yo no he dicho nada de eso, solo era por comentar... por si les daba ideas a ustedes sobre el tema, recurriendo a mis vastos conocimientos de cultura popular terráquea, nada más...

—Si eso, Sr. Jim, usted vaya dando ideas... ¿No ve que las ideas que comenta van en la misma línea que las teorías paranoico-conspirativas de estos señores? —observó Mary Pax.

—Quizás, quizás... Yo lo único que sé es que, al menos en este caso, no soy el culpable de estos embarazos múltiples, ni creo que sea obra de un hombre o alienígena solo... vamos, sería tal vez una proeza... —dije yo.

—Lo que tenemos claro nosotros, es que usted es el único sospechoso que tenemos, por las anteriores razones que le comentábamos... —dijo el señor de azul.

—Aunque no dejan de ser pruebas circunstanciales —añadió mi acompañante, Mary Pax.

—¿Y están ustedes totalmente seguros de que toda la población fértil del planeta se ha quedado embarazada? —pregunté yo.

—El período de gestación en nuestra especie es bastante rápido, así que es bastante evidente que es así, y que todas nuestras mujeres están en cinta —respondió el hombre de gris.

—Además, evidentemente, hemos realizado las comprobaciones y pruebas oportunas para certificar dicho estado de embarazo en nuestras mujeres —añadió el hombre de azul.

—Bueno, que llevamos ya mucho rato aquí parados... A ver si se llevan al Sr. Jim detenido, y dejan que me marche con mi nave, para poder proseguir mi camino... Que tengo muchas cosas que hacer...

—A eso se le llama solidaridad geminiana... —comenté yo.

—¡Ni hablar! No se puede usted marchar con la nave, que seguro que en ella hay innumerables pruebas contra el tal Sr. Jim —contestó el señor de uniforme gris.

—Además, que usted también puede ser cómplice del tal Sr. Jim, así que aquí no se mueve nadie... —añadió el señor de uniforme azul.

—Vamos, señor Jim, confiese ya para que pueda marcharme —dijo Mary Pax.

—No puedo confesar, algo que no he hecho... Aunque pueda catalogarse de proeza heroica, lo de dejar embarazadas a todas las féminas de un planeta, y yo sea un gran héroe galáctico, en este caso concreto, yo no he tenido nada que ver con este asunto...

—Ostras, así no vamos a ningún sitio, y no avanzamos... A ver, déjenme pensar... mmm —dijo Mary Pax, tras lo cual quedó todo en un silencio absoluto, hasta que pasados unos largos segundos, prosiguió—: Estooo, ¿y han preguntado a sus mujeres, si ellas tienen alguna idea de lo que les ha ocurrido, de cómo han quedado embarazadas?

—Eso, que ellas son las principales implicadas en este asunto, algo tendrán que decir al respecto —añadí.

—Estoooo, pues la verdad es que no les hemos preguntado al respecto... —dijo el señor de uniforme gris.

—He de confesar que nosotros tampoco —agregó el señor de uniforme azul.

—Ah, pues vayan, vayan... y pregunten —insistió Mary Pax.

—Bueno, por preguntar no perdemos nada... —dijo el hombre de uniforme azul.

—Y cuantos más datos tengamos, mejor... quizás ellas nos den pruebas contra el Sr. Jim, seguro que recuerdan a un tipo bajito, regordete y con gafas —dijo el hombre de gris.

En ese momento se apagó la pantalla de comunicación. Y Mary Pax dijo:

—Rápido Sr. Jim, esta es la nuestra, abróchese el cinturón de seguridad, que saldremos de aquí pitando...

—¿Ah, pero no vamos a esperar a ver que nos dicen, que le dicen sus mujeres a esta gente?

—Si se quiere usted quedar aquí, yo encantada, pero yo me largo de aquí inmediatamente, aprovechando que ahora están distraídos...

—Ah, que era una maniobra de distracción, que taimada que es usted....

—A ver, yo tengo bastante claro cómo se queda embarazada una mujer, no sé usted...

—No, yo veo difícil que me quede embarazado, a no ser qué, como en la peli aquella, se realice una complicada operación...

—Déjese de historias, Sr. Jim, y póngase el cinturón... —insistió Mary.

—Ay, que prisas...

—¡Miércoles! los tipos estos son más listos de lo que pensaba, y nos tienen atrapados con un potente rayo tractor... No podemos escapar del alcance de sus naves —se lamentó Mary Pax.

—A ver, ¿pero con el pedazo nave que tiene usted y no puede liberarse de un rayito tractor de nada? —dije yo.

—Pues por lo visto no... Aunque la verdad es que la mayoría de la energía de la nave la tengo ocupada en diversas tareas... Mmmm, déjeme ver...

—Sí, sí, como si estuviera usted en su nave, le dejo lo que sea....

—Podríamos derivar energía de diferentes módulos de la nave, para canalizarla hasta los motores de impulso, añadiendo así una energía adicional que nos liberaría del rayo tractor...

—Sí, sí, parece un buen plan...

—No tiene usted ni idea de lo que le estoy hablando, ¿no?

—Pues siendo sincero... la verdad es que no...

—¿Seguro que usted fue piloto de una gran nave estelar de la Flota Reunida de Planetas?

—¿Le tengo que recordar, que me expulsaron de dicha organización?

—No, no, déjelo... No podemos perder más tiempo hablando... Necesitaría que fuera usted al hangar principal de la Destinity y reconectara los condensadores de fluzo para desviar la energía del hangar a los motores de impulso principales de la nave...

—¿Yoooo?

—No veo aquí a nadie más...

—¿Le tengo que recordar, que me expulsaron de la flota?

—Vamos, déjese de rollos, que es más fácil de lo que parece, yo le graficaré como han de colocarse los condensadores...

—Pero ¿qué dice? ¿Seguro que es usted también geminiana? ¿No le entiendo nada de lo que me está diciendo? Me he perdido después de lo que ha dicho de «vamos» ....

—Venga, que no hay tiempo que perder, lo haría yo misma, pero tengo que mantenerme en el puesto de control para activar enseguida los motores principales de impulso...

—Pero es que no tengo ni idea de cómo llegar al hangar ese que me dice...

—A ver, pero si es por donde entró usted en la nave, no hace tantos días...

—¿Le he explicado alguna vez como me perdí por la Olympus? Iba yo buscando los lavabos de la misma, que obviamente, es una cosa que no te explican en la academia, ni sale en los documentos históricos de la flota...

—No, no, no me explique nada y espabile...

En aquel momento la pantalla se volvió a encender con las caras de nuestros ya casi que amigos, cada uno en su lugar de la pantalla dividida, el señor de gris y el señor de azul. Y este último dijo:

—Señores, ya pueden ustedes partir

—¿Cómo?

—Que ya pueden ustedes marcharse, y proseguir su camino —aclaró el señor de gris.

—¿Cómo? —repetí yo

—Bueno, pues como han llegado, como han venido, con su gran nave —explicó el señor de uniforme azul.

—No, digo... Vamos, que el cómo, era de sorpresa... Quiero decir, ¿que cómo? ¿Así de fácil? ¿Ya está?

—Sí, me supongo que les será fácil marcharse —dijo el señor de uniforme gris.

—Pero vamos, vamos, a ver, ¿así sin más? ¿Ya nos podemos ir? —insistí yo.

—Hay que ver lo pesado que es usted, Sr. Jim, le repito, que sí, que se marchen ya, que sigan su camino —repitió el señor de uniforme azul.

—Tanto jaleo y ahora ya nos podemos ir... —dije.

—Como ustedes vean, yo les insisto, ya pueden continuar su viaje —dijo el señor de gris.

—No, no, después de tanto jaleo y tantas acusaciones contra mi excelsa persona, ¿les he dicho ya que yo soy un gran héroe galáctico?, ahora, exijo saber qué está pasando, o qué es lo que ha pasado... —protesté.

—Oiga, ¿pero que se ha creído usted? Por mucho que se haga llamar «gran héroe galáctico», hasta hace tan solo un momento no era más que un mero prisionero.

—A ver Sr. Jim, tengamos la fiesta en paz, que estos señores tendrán muchas cosas que hacer y nosotros también —intervino Mary Pax.

—¿Qué se han pensado ustedes? ¿Que pueden ir deteniendo, así como así a la gente? ¿Sin razón alguna? Al menos aclárennos el asunto. ¿Qué es lo que ha pasado con todas esas mujeres embarazadas? ¿Qué es lo que ha provocado tal «epidemia» de embarazos en su planeta? —insistí yo.

—Eso es un asunto interno de nuestro planeta, que a usted no le incumbe para nada —respondió el señor de uniforme gris.

—¿Como que no me incumbe? Si me han tenido aquí retenido horas y horas... Sin explicación alguna... A mí, que soy un gran héroe galáctico y además que soy agente especial del glorioso Imperio Cardasiano, en misión de regreso tras el rescate de una importantísima princesa alienígena...

—Disculpen el tono y el lenguaje del señor Jim, amables caballeros uniformados. Aunque, por lo poco que le conozco, me temo que hasta que no le expliquen que ha sucedido, no nos podremos mover de aquí y seguiremos horas y horas discutiendo el tema —intervino en tono conciliador Mary Pax.

—Está bien, está bien... Como bien ha dicho usted, tenemos muchas otras cosas que hacer y no podemos estar perdiendo más el tiempo.... —dijo con cierta resignación el señor de azul.

—Verán, hemos hablado con varias mujeres dirigentes de varias organizaciones femeninas dentro de nuestro bando —explicó el señor de gris.

—Evidentemente nosotros hemos hecho lo mismo —añadió el señor de azul.

—Estas nos han explicado, que la tremenda ola de embarazos ha sido totalmente provocada y orquestada por ellas mismas, cansadas de tanta guerra sin sentido —explicó el señor de gris.

—Así es, ha sido un hecho totalmente organizado y preparado por nuestras mujeres, para que por un momento dejáramos el tema de la guerra y tuviéramos un importante punto de interés, que nos hiciera dejar de lado nuestra ancestral guerra, y nos hiciera ver que hay otras cosas en la vida, muchísimo más importantes que ir matando a la gente, como es la creación de una nueva vida —dijo el señor de azul.

—Los embarazos fueron totalmente provocados en la mayoría de los casos, de manera natural, y cada mujer se las ingenió para llegar a ese estado —añadió el señor de gris.

—Todas las mujeres del planeta, nuestras mujeres, nuestras hijas, e incluso alguna madre, se pusieron de acuerdo para quedarse en cinta al mismo tiempo todas ellas, cada cual de quién quiso y de la manera que quiso o consiguió o le fue mejor.

—Todo ello como toque de atención mundial para que paráramos de matarnos entre nosotros en la larga y dolorosa guerra civil que azota nuestro planeta desde tiempos inmemoriales.

—Vaya, menuda historia... Recuerdo un caso parecido en la antigüedad clásica de la Tierra... Aunque claro, no era exactamente lo mismo, pero las mujeres tenían también una importante participación en la paralización de una gran contienda bélica... —expliqué yo.

—Bueno, espero que se den por satisfechos con estas oportunas explicaciones y que sigan su camino en paz... —nos deseó el señor de uniforme azul.

—Nosotros ahora tenemos mucho que reflexionar, por no hablar del gran problema de superpoblación que nos viene encima —añadió el señor de gris.

Y así fue como conseguí terminar con una larga y ancestral guerra fratricida que asolaba desde eones un pequeño planeta de nuestra galaxia...

—A ver, señor Jim... no se flipe, que usted no ha hecho nada... Al contrario, ha estado a punto de ser detenido y encarcelado por meterse donde no le llaman...

—Vamos, vamos, querida amiga Pax, ya será menos, eso son solo pequeños detalles...

—Yo no lo creo así... Son detalles importantes y espero que cuente usted como Dios manda esta historia...

Bueno, pues así acabo la historia, contándola tal y como sucedió, sin adornos ni aderezos de cosecha propia...

# ¡Re-asalto al banco!

Me desperté atado de pies y manos en una silla... Vaya novedad... Aunque enseguida comprobé que no me encontraba en ningún tren... Ni había ninguna cucaracha gigante delante mío, ni tampoco ninguna bella vulcana...

–Ah, veo que ya se ha despertado Sr. Jim.

–Pues sí... Uf, me duele enormemente la cabeza, debió usted golpearme bien fuerte y secuestrarme...

–No, lo cierto es que no, solo me lo llevé hasta aquí cuando estaba usted durmiendo en el castillo del mago Melchiades... –explicó el hombre fornido que tenía delante mío.

–Ah, pues no lo recuerdo... ¿Y dice usted que no me golpeó para dejarme sin sentido?

–No, me lo llevé estando dormido usted, ya le digo... No sé si es que está usted resacoso... Y es por eso que le duele la cabeza...

–No, no suelo beber... Beber alcohol, me refiero... Sí que es verdad que suelo tener el sueño muy profundo... Y puede que me esté costando el despertar –le expliqué al hombre aquel.

–Eso me pareció...

–¿Y por qué me secuestró? ¿Es para venderme a alguna potencia galáctica?

–No... La verdad es que no, no creo que me den mucho por usted... Y evidentemente tampoco soy yo un secuestrador.

–Sí, creo que con el tiempo he ido perdiendo valor... En varios sentidos, quizás... Pero ¿Entonces?

–Le he traído aquí para pedirle ayuda...

–Ah, muy bien... En mis tiempos, allá en Geminis V, pues la gente se llamaba por teléfono o hablaba por internet... E incluso a veces hablaba la gente en persona...

–No sé a qué se refiere...

–Pues que, para pedirme ayuda, no me tendría que secuestrar... ¿O es que se lo ha visto hacer a alguna cucaracha gigante?

–En cierta manera...

–Ahora el que no sabe a qué se refiere usted soy yo...

–Pues que he visto su cortometraje donde un gran insecto le secuestra...

–¿Cortometraje?

–Sí, bueno... Una película corta, de unos 10 minutos...

–¿Cómo? ¿De qué me está hablando?

–Sí, tiene razón que en este planeta no abunda la tecnología, pero algo nos llega y en un espectáculo de feria vi un artilugio que proyectaba su historia con la cucaracha gigante...

–Vaya, que cosa más curiosa... Aunque debe ser algo ilegal, pues a mí nadie me ha pagado para que mi historia con la cucaracha (esto suena algo mal) se lleve a la pantalla...

–No sé, el caso es que dicha proyección me dio una idea...

– ¿Qué idea?

–Pues pedirle a usted que me ayude a atracar un banco...

–Abrase visto.... La proyección de mi historia no le dio ninguna idea, usted decidió copiar la idea de la cucaracha más bien...

–Sí, eso es... Veo que nos entendemos... Decidí seguir el plan de dicho insecto y eso incluía secuestrarle a usted...

–Madre mía, madre mía...

–El tenerle a usted atado en una silla es el primer paso del plan, eso está claro...

–En fin... Como comprenderá no voy a ayudarle a atracar ningún banco... –afirmé yo.

–¿Pero por qué? –preguntó aquel fornido hombre.

–No me dedico a eso...

–Ah, lo ha dejado ya... Ya vi que lo del atraco con la cucaracha le salió bastante bien la verdad...

–No, no he dejado nada...

–¿Entonces?

–No he dejado el atraco a bancos, porque nunca me he dedicado a ello, lo de la cucaracha fue algo excepcional y como recordará de la proyección, fue por una buena causa, para salvar a la familia de aquel insectoide...

–Bueno, no hace falta entrar en los motivos, el caso es que usted fue el principal impulsor del atraco al Banco Central...

–¿Y no ha pensado usted que aquello que vio era una película y era algo ficticio?

–Al comienzo de la proyección se avisaba de que estaba basado en hechos reales y que aquello estaba sacado del NoDoEs...

–¿El noloés? Ya lo dice la palabra: No lo es... No es lo que parece... No es lo que ocurrió...

–Se equivoca...

–Como que me equivoco... Si se supone que me pasó a mí, no voy a saber yo lo que pasó en realidad...

–Quiero decir, que el NoDoEs, es el Noticiario Documental Espacial... Es una fuente seria y fidedigna de noticias... Lo sabe todo el mundo...

–Ya, pues es la primera vez que escucho de ese lo que sea...

–Es un noticiario universalmente conocido en toda la galaxia ídem, conocida... Una especie de telediario...

–Ya, ya veo que no le voy a sacar de sus trece... A ver, ¿pero para qué quiere usted atracar un banco?

–Pues para conseguir dinero fácil y rápido... Hay que ver, en el vídeo parecía usted más listo, a ver si va a tener razón y era todo mentira...

–Bueno me supongo que era una recreación, una dramatización de los hechos, así que en parte sería ficción y en parte realidad...

–A ver, ¿pero atracó o no usted el Banco Central?

–Sí...

–¿Con la ayuda de un gran insecto?

–También...

–Pues entonces...

–¿Entonces qué?

–Me tendrá que ayudar a atracar un banco y punto...

–¿Y punto?

–Eso es... O me ayuda o le doy una paliza...

–Hombre, si lo pide así, amablemente... Como negarse...

–Pues eso...

–Bueno, pues explíqueme un poco más su plan y su experiencia en el tema, aparte de haber visto una película... Es que me gusta saber con quién trabajo, ya sabe que no trabajo con una cucaracha cualquiera...

–Veo que ya nos vamos entendiendo...

–Hablando se entiende la gente...

–Verá, yo provengo de un lejano planeta...

–Ah, por cierto, dígame ya de paso su nombre, que luego voy por ahí con gente que ni sé como se llaman...

–Pues a la cucaracha aquella, que luego resultó que era su esposa, no le preguntó el nombre y no sabía usted ni como se llamaba...

–Ya le digo... Pero bueno, usted cuénteme su caso... Olvídese por un momento de la cucaracha...

–Pues verá, me llamo Little John y provengo de un lejano planeta... Allí por circunstancias de la vida me convertí en un reputado delincuente y tras pasar años en prisión, me mandaron a este primitivo planeta...

–Vaya, pensaba que solo llegaban aquí cardasianos exiliados.

–Pues por lo visto no solo...

–¿No será usted un reputado asesino?

–No, no, en mi planeta era ladrón...

–Pues que castigo más raro mandarle aquí...

–Bueno, es que lo que robaba más eran cajeros automáticos... Y claro en este planeta atrasado no hay de eso... Casi ni hay bancos... Y como en mi planeta hay saturación de presos en las cárceles, pues suelen mandar fuera a los reclusos... Sobre todo, a planetas como este donde prácticamente no hay tecnología, así no hay posibilidad de escape...

–Pero puede robar igual...

–Igual igual, tampoco, pues como le decía aquí no se pueden cometer cyberdelitos, ni robar cajeros automáticos, etc. Además, supongo que mientras robamos fuera, no robamos en nuestro planeta, así que no les importa mucho a las autoridades de allí lo que hagamos fuera del planeta...

–Bueno, a pesar de haber estado yo recientemente en prisión, la verdad es que no conozco mucho el tema... Pero vamos, ¿entonces qué tiene pensado atracar?

–Una sucursal de la Banca de Valint y Balk... Es una especie de banco, pero más primitivo, claro...

–¿Supongo entonces que no contaremos con el equipo necesario?

–¿A qué se refiere? ¿Necesitamos una cucaracha gigante?

–Pues que no tendremos los elementos necesarios para robar un banco... Ni pasamontañas, ni medias de nylon, ni caretas, ni pistolas, ni coche para la huida...

–Ah, efectivamente tiene razón... Pero si quiere puedo conseguirle un carro... Y diría que también una ballesta...

–Bueno, algo es algo.... A ver que sale...

Y así con un carromato y dos ballestas fuimos a asaltar a la sucursal de la Banca de Valint y Balk.

Dicha sucursal estaba en un viejo edificio rectangular de piedra. Con grandes ventanales.

Nos pusimos un pañuelo tapando media cara, en plan cuatreros del oeste y entramos en aquel edificio. El interior era más interesante, pues a parte de contener el dinero que íbamos a robar, tenía un amplio hall amarmolado con bellas columnas. Lo que me hizo recordar algún antiguo banco de mi planeta natal.

Al entrar gritamos lo típico de todo el mundo al suelo, esto es un atraco. Mi acompañante disparó la ballesta al aire, lo cual no fue tan efectivo como si hubiera sido un sonoro disparo de escopeta o una ráfaga de metralleta, pero el caso es que la gente del banco se dio por aludida y se echó al suelo.

Al parecer mi acompañante, el tal Little John, había estado antes en el banco estudiando un poco el terreno y supo dirigirse a la zona de cajas y empezar a coger billetes y monedas.

A los pocos minutos oímos un gran griterío fuera del banco y se escuchó en alto las siguientes palabras: ¡Están ustedes rodeados, depongan las armas y salgan con las manos en alto!

–¿Qué? ¿Ya están aquí los soldados del castillo? –dijo Little John.

–No sé, como no se oyen sirenas ni nada...

–Ya, pero tampoco hay alarmas para avisarles de que estamos robando...

–Quizás alguno de los clientes que salieron cuando disparaste la ballesta alertó a las tropas...

–¿Cómo? Se suponía que tu tenías que vigilar a la gente mientras yo cogía el dinero...

–Ah, ¿sí? No recuerdo que lo hubiéramos hablado...

–Es lo normal cuando se atraca el banco... Si son dos los atracadores uno vigila y el otro coge el dinero, como viste que yo iba hacia las cajas a coger el dinero, tu tenías que vigilar a la gente...

–Ah, pues perdona, justo ahora es el segundo banco que estoy atracando en toda mi vida así que no tengo mucha experiencia en el tema... De acuerdo que he visto alguna que otra película, como me contabas antes que habías visto una peli explicando mi anterior atraco...

–Bueno, bueno, dejate de rollos...

–De acuerdo... Veo por la ventana que efectivamente estamos rodeados de soldados armados con lanzas y ballestas... Como aún tenemos gente en el banco, no nos queda más remedio que coger rehenes...

–De acuerdo... –Little John asomó su cabeza por la puerta principal y gritó: Tenemos rehenes, si entran nos lo cargamos...

–Vale, vale... Eso ya está, avisados quedan –observé yo.

–¿Ahora qué? ¿Cuál es el siguiente paso? –preguntó Little John.

–Pues lo normal es pedir comida... ¿Qué hora es?

–Mirala en el reloj que llevas...

–¿El reloj que llevo? Ah sí, pero no es un reloj...

–¿No? Pues lo parece...

–Bueno, sí que parece un reloj de pulsera y realmente da la hora, pero tiene otras funciones...

–Vale, vale, pues mira la hora y no marees tanto...

–No, si lo de la hora es porque tengo hambre, quizás es la hora ya del almuerzo... Por eso también te decía lo de pedir comida... A parte de que es lo habitual en estos casos, claro...

–Quizás...

–Veamos... También hemos de pedir un helicóptero... –indiqué yo.

–Me temo que en este planeta no hay de eso...

–Pues un coche...

–Tampoco... A no ser que sea un coche de caballos, que claro, ya tenemos nuestro carro ahí fuera...

–Sí eso sí, aunque supongo que los soldados de ahí fuera no nos dejaran subirnos a él tan alegremente...

–Pues ya dirás tú que hacemos...

–A ver, a ver, déjame pensar... mm... Hay que darles un tiempo para que cumplan con nuestras peticiones –entonces miré de nuevo el artilugio de mi muñeca.

–Y dale con la hora...

–Ah, es verdad, es que parezco tonto...

–Sí, ya me había dado cuenta...

–No, digo, sí... Lo digo por esto de mi muñeca, que como trataba de decirte antes, no es un reloj...

–Que pesaico es usted...

–Que no es un reloj, es un TUP... Bueno, mejor dicho, es el TUP....

–Pues muy bien...

–No debes saber lo que es un TUP...

–Pues no, en general los delincuentes comunes no tenemos mucho nivel cultural, es cierto...

—Tranquilo, que yo te lo explico... Pues, aunque parezca mentira esto será lo que nos va a sacar de aquí.

—Si tú lo dices... Sí, quizás con el tiempo salgamos de esta... Eres tú el experto en esto de los "asaltos" ...

—En efecto, pero no de los "asaltos" de asaltar y robar, que como te dije al principio, no es un tema que domine, pero sí que conozco más el tema de los "asaltos" espaciotemporales...

—¿Asaltos espaciotemporales? ¿Eso es el robo de relojes? Lo digo por lo de temporales, claro...

—Ay, que gracioso que eres, pero tienes razón, a lo que me refiero son más bien a "saltos" más que "asaltos" ...

—¿Así que me estás diciendo que eres un experto en el robo de relojes y que luego sales saltando del lugar del crimen?

—No, no para nada, sí que es verdad que eres un poquito "cortito" ... Y te falta algo de "cultura" y conocimiento de mis hazañas, que te piensas que por haber visto un vídeo ligeramente basado en mis aventuras...

—Eh, eh, sin faltar, que te arreo...

—Vale, vale... Aunque suene raro en mí: Basta de rollos, coja mi mano y con la otra el botín y verá...

—A ver... Así dicho suena un poco raro...

—Tranquilo que he tenido una genial idea para escapar de aquí...

El tal Little John cogió mi mano como le propuse y entonces puse en marcha el TUP. Lo que provocó que desapareciéramos del banco aquel... Para aparecer acto seguido en otro lugar:

—¿Cómo? ¿Qué magia es esta? ¡Ahora estamos dentro de una celda!

—En efecto, ya te dije que tenía una genial idea y que era un experto en esto de los "saltos"

—Pues no debes ser tan experto, pues estamos igualmente atrapados...

—Eso es, estamos en las mazmorras de mi amigo el Mago Melchiades, lugar que conozco y aunque parezca raro recuerdo, de cuando el susodicho me ofreció una visita guiada por su castillo...

–Será todo lo amigo tuyo que quieras, pero sé que el Mago es bastante respetuoso con la ley y no creo que nos deje salir de aquí...

–No hará falta –dije cogiendo el botín de un tanto sorprendido Little John y volviendo a desparecer.

A los pocos segundos volví a aparecer, pero esta vez fuera de la celda, enfrente de los barrotes de la misma:

–Ya está, tema solucionado, he devuelto el botín que querías robar y ahora me marcharé de este planeta...

–Pero, pero... ¿Me vas a dejar aquí encerrado?

–En efecto, esa es la idea, pero antes de marcharme del planeta hablaré con mi amigo Melchiades para que te entregue a las autoridades –y volví a desparecer delante de la cara del sorprendido ladrón.

Y así nuevamente robé un banco, pero esta vez, atrapé al ladrón... Pues como se suele decir, quien roba a un ladrón...

# The Short Tomorrow

–¿Así que simplemente he de ir al gran árbol del ahorcado, desenterrar el cofre y entregárselo?

–Eso es.

–Sí, a simple vista parece un trabajo fácil.

–Cierto, el cofre no es de grandes dimensiones, es más bien pequeño, así que lo podrá transportar sin problemas Sr. Jim.

–¿Y cómo es que me encarga a mí esta tarea, Gran Duquesa?

–Me recomendó sus servicios el Mago Melchiades, me dijo que era usted una especie de detective, investigador-aventurero... Chico para todo...

–Algo de eso hay, sí. ¿Pero por qué no le encarga el trabajo a uno de sus criados?

–No puedo tener plena confianza en ellos y tampoco quiero que se me relacione con este asunto...

–¿Y qué es lo que hay en el cofre?

–No puedo decírselo. El Mago también me recomendó sus servicios por su discreción. Me habló de cierta habilidad suya Sr. Jim, para... olvidar ciertas cosas. Ya le digo que cuanto menos se sepa de este asunto mejor.

–Está bien, acepto el trabajo Gran Duquesa.

Lo cierto es que llevaba una temporada sin tener ingresos, pues el Imperio Cardasiano había decidido no pagarme un sueldo fijo, para pagarme en cambio solo por misiones cumplidas, así que me venía bien ese encargo de la Gran Duquesa de Tarín. Había contactado conmigo el Mago Melchiades para que fuera a su mundo y hablara con la duquesa. Y ese era el encargo: Recuperar algo que tenía ella escondido a las afueras de la ciudad.

Con tantos viajes a aquel mundo de apariencia medieval me había acostumbrado a montar a caballo, una cosa que no se suele aprender en la Federación, claro está. Aunque todavía no dominaba el arte de subirme al caballo, quizás por mi corta estatura, así que en aquella ocasión prefería usar un burrito para desplazarme. También es verdad que dados mis escasos recursos, tampoco me podría haber costeado un caballo. Tal vez fuera por el medio de transporte seleccionado, pero la verdad es que tardé bastante en llegar al Gran árbol del ahorcado, a pesar de que este se encontraba en las inmediaciones de la Gran ciudad de Tarín. En cualquier caso, iba preparado para la tarea, así que saqué la pala que llevaba y me puse a excavar en el punto exacto indicado por la Gran Duquesa.

Al poco de excavar encontré un pequeño cofre como era de esperar. Le sacudí un poco la tierra que aún le quedaba encima y lo deposité en las alforjas de mi burrito, para seguidamente emprender el camino de vuelta a la Gran Ciudad.

Iba de vuelta por la Gran calzada real cuando de pronto me salió al paso un señor con la cara medio tapada con un pañuelo que apuntaba hacia mí con su ballesta:

—Ya me parecía a mí que esto era demasiado fácil.

Pero entonces, de repente salió de la espesura un rayo que impactó en aquel salteador de caminos.

A los pocos segundos de donde había partido el rayo salió una bella muchacha que enseguida reconocí:

—Ah... Eres... Bueno, eres tú, la chica que últimamente me acompaña en mis viajes...

—En efecto —dijo la muchacha.

—Pero... ¡Has matado a este pobre hombre!

—No, hombre, no, solo le he dado con un rayo aturdidor...

—Ah, ¿y de dónde has sacado tú ese rayo?

—Es una pistola de la Federación, que está en modo aturdir, me la ha dejado el mago Melchiades... Me dijo que te la habías dejado tú en una de tus visitas a su castillo...

—Ah, muy bien, me alegro... Pero ¿qué haces aquí?

—Pues eso, me mandó el mago Melchiades para que te ayudara...

–Me podría haber avisado... Bueno, he de proseguir camino, me sabe mal, pero en el burrito no hay sitio para los dos...

–Tranquilo, que he traído mi propio caballo...

–También prestado por el mago, ¿no?

–En efecto. Así que te acompaño.

–Estupendo.

Y así llegamos al palacio de la Gran Duquesa. Pero enseguida noté que algo no iba bien. Estaba todo lleno de soldados que vigilaban la entrada.

–¿Qué ocurre aquí? –pregunté a uno de los soldados.

–Han matado a la Gran Duquesa...

–Ah, Sr. Jim, soldado, déjele pasar –dijo el mago Melchiades.

–Mago Melchiades, ¿qué ha ocurrido?

–Pues eso, que han matado a la Gran Duquesa, ¿no se lo acaba de decir este soldado?

–Ay, sí, perdone, mi amnesia selectiva, ya sabe...

–Al parecer tenemos entre nosotros a un cambia formas...

–¿Del cuadrante Gamma?

–No, al parecer es de este cuadrante, un arturiano sospecho...

–¿Y cómo lo sabe?

–Uno de los criados vio a dos grandes duquesas y como una de ellas mataba a la otra... Ahora revisando el palacio he encontrado un pasaporte arturiano, que debió caerse le a nuestro asesino...

–Un arturiano... ¿Y qué hace por aquí?

–Al parecer quiere el cerebro del Emperador....

–¿El Emperador? ¿El cerebro?

–Sí, el Emperador de estas tierras... Usted ha estado poco por este mundo, pero que sepa que tenemos un emperador...

–Sí, lo vi la semana pasada en el Gran desfile de la Fiesta de la cosecha... Aunque no me pareció que fuera sin cerebro... Tampoco es que se le viera muy listo, pero bueno...

–Bueno, ese era un duplicado robot... De hecho, el Emperador original es un cyborg... Es un poco largo de explicar... Pero vamos, sepa que alguna de la gente que venimos de otros mundos, como refugiados a este, hemos creado una especie de sociedad para gobernar a este pueblo con paz y justicia... La mayoría de nosotros somos refugiados políticos y estamos cómodos aquí ocultos intentando mejorar la situación de este planeta con esta especie de gobierno en la sombra...

–Ya veo...

–Pues esa es la idea... Así la Gran Duquesa escondió el cerebro del emperador, cuando detectamos que una nave de Arturo llegaba a este mundo...

–¿Pero no me ha dicho que ha sido ahora que ha encontrado un pasaporte arturiano?

–Sí, lo del pasaporte ha confirmado nuestras sospechas... Nuestro emperador cyborg es originario de Arturo y escapó de allá... Ya le dije que era un poco largo de explicar...

–No, si más o menos lo voy entendiendo...

–Esperemos que el arturiano no le conozca a usted, así que siga custodiando el cerebro del emperador Sr. Jim.

–Yo no tengo ningún cerebro... Bueno, a parte del mío, claro...

–El cerebro del emperador está en el paquete que le mandó buscar la duquesa... Siga guardándolo usted... Búsquele un nuevo escondite o lo que sea...

–De acuerdo...

Así marché con... Mi acompañante a la posada donde me alojaba. En ella esperaba tener un rato de tranquilidad para pensar donde esconder el paquete de la duquesa.

–Pues a ver dónde meto yo esto... Podríamos enterarlo de nuevo... Pero claro, hay que acordarse luego de donde se ha enterado... Hacer una especie de mapa del tesoro o algo así...

Entonces llamaron a la puerta. Con sigilo indiqué a mi acompañante que se ocultara y yo abrí la puerta:

–Ah, Sr. Jim, veo que ya tiene el paquete.

–Así es, fue fácil encontrarlo siguiendo sus instrucciones Gran Duquesa.

–Pues ya me lo puede entregar, ha sido usted muy amable de ir a buscarlo...

Entonces se abrió un armario empotrado, salió mi acompañante y disparó a la Gran Duquesa.

–Muy bien hecho....

–Gracias, le estoy cogiendo el gustillo a esto de disparar con la pistola aturdidora...

–Ya veo ya, está claro que este debe ser el arturiano, ya que la duquesa original está muerta... Venga atemos le y avisemos al mago Melchiades...

Así el Emperador recobró su cerebro y yo cobré mis horarios, lo que me permitió subsistir hasta mi próxima misión.

# Nave grande, ande o no ande

–Si quieren contratarme, entonces tendrán que aceptar mis condiciones –les dije a aquellos dos bolianos.

–Pero ya le hemos dicho, Sr. Jim, que en este caso no es necesario. No necesita usted un copiloto, la nave está totalmente automatizada –explicó uno de aquellos hombres calvos de piel azul.

–Esto está bien, me parece estupendo que sea una nave automatizada, pero yo necesito un copiloto, y tendrán que aceptar esta condición si quieren tenerme a mí como piloto –dije yo.

–Es que no vemos la necesidad de ello, teniendo en cuenta, insisto, que la nave prácticamente funciona sola.

–Bueno, si necesito un copiloto es asunto mío, entiéndanlo si quieren como una manía mía.

–Está bien...

–Por supuesto, dicho copiloto lo elijo yo, eh.

–Como quiera, si quieren repartirse la mitad de su sueldo...

–No, no será necesario, tengo pensado llevarme una muchacha, que es una especie de becaria, que tengo como aprendiz, con pagarle el alojamiento y la manutención será suficiente...

–Bueno, ya sabe que se alojaran en la nave y que esta contiene raciones suficientes para la duración total del viaje e incluso unas semanas más...

–Sí, era consciente de ello. Ya me quedó claro que la nave también la ponían ustedes...

–Eso es, le proporcionamos la nave y tan solo tendrá que pilotar la llevando el cargamento que porta...

–Estupendo, partimos mañana por la mañana entonces...

–Eso es...

A la mañana siguiente me presenté en el astropuerto y pregunté por la nave de los bolianos, así que siguiendo las indicaciones no fue difícil encontrarla.

Era una nave enorme, como del tamaño de una ciudad de tamaño medio. Por suerte cerca de ella estaban los dos bolianos que me habían contratado.

–Buenos días, Sr. Jim, tan puntual como siempre.

–Así es. ¿Ha llegado mi copiloto?

–Sí, ya está dentro y en animación suspendida como estará usted buena parte del viaje.

–De acuerdo, veo que es una nave un tanto vetusta...

–Sí, así es.

–Un poco anticuada y enorme...

–Cierto.

–¿Les he hablado de mi mal de Ryoga?

–¿Qué es eso?

–Bueno, que me suelo perder en sitios tan grandes...

–No se preocupe, hemos pensado en ello, así que le entregamos este manual de manejo de la nave y que viene con un completo mapa de la nave... Además, hay varias indicaciones en la propia nave y si aun así tiene alguna duda, el ordenador de abordo le ayudará en ello...

–Vamos, que la nave la puede pilotar cualquier chimpancé...

–Eso es, lástima que en nuestro planeta no haya ninguno...

–¿Qué insinúa?

–Nada, nada, era una pequeña broma.

–Mejor así, bueno, pues gracias por todo y ya hablaremos en mi lugar de destino.

–Que tenga buen viaje.

Y así entré en aquella enorme nave.

Programé las coordenadas de destino y me puse a dormir... Ya que, por lo visto, aquella nave tan antigua no disponía de tecnología warp y funcionaba a velocidad sublumínica, por lo que los tripulantes debían permanecer en animación suspendida el tiempo que transcurriera el viaje.

Al cabo de unos minutos un zumbido me despertó... Realmente era un sonido bastante conocido y llegué a la conclusión que era un despertador... Dije aquello de 5 minutos más, pero el ruido persistió, así que alargué la mano para ver si lo localizaba para pararlo...

Pero nada... Así que me levanté...

–¿Qué es tanto escándalo? Así no hay quién duerma... ¿Dónde es el incendio?

–No hay ningún incendio –contestó una voz femenina algo metálica.

–¿Qué ocurre entonces?

–Nada. Es un control rutinario. Se debe despertar al piloto cada 200 años para que compruebe que efectivamente todo está correcto...

–Ah, vale... ¿200 años?!

–Eso es...

–Vaya, está claro que voy a llegar tarde a la entrega...

–Probablemente. Aunque se trate de un viaje a velocidad subluminica nuestro destino estaba a tan solo tres años.

–Está claro, que por muchos conocimientos de historia y pilotaje que tenga yo, hay cierta tecnología alienígena que se me escapa...

–Datos insuficientes.

–Sí, seguramente habrá sido eso, dispongo de "datos insuficientes" para pilotar con corrección esta nave... Bueno, en cualquier caso, ¿así cuantos años nos quedan de viaje?

–Tan solo otros 200 años.

–Tan solo, tan solo... Bueno, en cualquier caso, como te decía antes, está claro que ya voy tarde para entregar el cargamento a los bolianos... Por cierto, ¿cómo que los bolianos hacen el transporte en esta nave que parece tan antigua, que ni siquiera tiene tecnología FTL o similar?

–Los propietarios de esta nave son una sociedad con escasos recursos y esto es lo que han podido permitirse en cuanto transporte espacial.

–Otro, por cierto, ¿y tú quién eres?

–Evidentemente el ordenador de la nave...

–Ah

–Mi nombre es Hallie...

–¿Hallie? Es parecido al nombre de otro ordenador famoso... ¿Eres de la familia de Hal 9000?

–No dispongo de familia, en el sentido biológico del término, aunque sí que pertenezco a la familia de computadoras Tsis´Kloton.

–Me he quedado igual, aunque esto de que no seas familia de Hal me alivia un poco...

–Datos insuficientes

–Pues visto, lo visto, me vuelvo a dormir un rato...

–Negativo, aún no ha realizado el control rutinario del estado general de la nave.

–¿Y no lo puedes hacer tú?

–Efectivamente, pero el sistema está programado para qué cada 200 años se realice un control por parte de un ente biológico, al ser posible humano...

–Está bien, está bien... Ya que estamos, ¿cómo se llama esta nada? Diría que los bolianos no me lo comunicaron... A ver si la nave también va a tener un nombre ilustre...

–Nos encontramos abordo de La Madre del Amor Hermoso.

–Madre el amor hermoso...

–En efecto. Esta nave anteriormente perteneció anteriormente al grupo religioso Las Hermanitas de Santa Paciencia y el Santo Sepulcro Espacial.

–Eso digo yo, santa paciencia...

Así, revisé los controles de la nave y luego me puse a dar un paseo por la nave, como parte de la inspección rutinaria de la misma...

La nave tenía amplios pasillos metálicos, ciertamente mal iluminados, nada que ver con los pasillos de una nave estelar de la Flota Estelar.

Iba yo caminando tranquilamente, cuando oí en una curva del pasillo un sonido metálico, como de unos pasos... Como de alguien caminando por una de las rejillas que componían el suelo...

Me acerqué con precaución a la zona de donde provenía el sonido y no vi nada, seguí el pasillo y volví a oír los pasos más adelante... Eran quizás unos ruidos más amortiguados si los comparábamos con el sonido de mis pasos... Quizás de alguien pequeño... Más pequeño que yo era extraño... ¿Quizás un niño? Seguí el sonido, pero al parecer "el niño" había girado por otro pasillo y cuando llegué a la altura del sonido ya no había nadie allí...

—Ostras, aquí hay más gente... Computadora, ¿cuánta gente hay en la nave?

—Defina gente

—Reformulo la pregunta, ¿cuántos seres vivos hay en la nave actualmente?

—4.500

—Madre del amor hermoso...

—Efectivamente, nos encontramos abordo de La Madre del Amor Hermoso.

—¿Cómo es posible? Me dijeron que tenía que llevar una carga... No a unos pasajeros... ¡Y menos tantos como 4.500! Sí lo llego a saber les cobro más a los bolianos... Espero que todos los pasajeros estén en animación suspendida, si no cuando llegue a destino, entregaré una carga de adorables abueletes bolianos o a las malas un gran cargamento de esqueletos...

Entonces volví a oír aquellos pasitos... Por lo que salí corriendo en su dirección... Al girar un pasillo me encontré un perrete sentado mirándome con cierta cara de extrañeza o eso me pareció...

No era un perro de raza conocida, era de tamaño medio y parecía un perro de estos sin pedegree.

Y entonces pensé:

—Un momento... Hallie, de los 4.500 seres vivos, ¿cuántos de ellos son personas humanas?

—Tres

–Eso me cuadra más, pues esos tres debemos ser mi copiloto... Yo... Y un tercero, que no sé, quizás sea un polizón o algo así...

Pues misterio resuelto... Claro, que entonces no iba a cobrar más por llevar pasajeros...

–Pues será hora de revisar la carga. Hallie, por favor, indícame el camino.

–Siga por favor la línea roja que verá en el suelo.

Y así hice. El perrete me fue siguiendo eso sí. Y así los dos llegamos a un gran almacén, un espacio enorme que estaba completamente... Vacío...

–Hallie, ¿dónde está la carga? Esto está todo vacío... No hay ni una sola caja.

–Error, al fondo a la izquierda encontrará la carga. En la esquina de la izquierda...

Después de varios minutos llegué a dicha esquina y en efecto, allá había una caja rectangular bastante grande. La caja, por suerte, tenía una especie de ventanita de crista en la tapa. Me asomé y para asombro mío me encontré con la cara de una bella mujer que parecía dormir.

–Vaya... En cualquier caso, misterio resuelto, de nuevo, ya tenemos a la tercera persona humana...

–En efecto, la carga consiste en esta persona humana.

–¿Me puedes dar más detalles de la carga por favor?

–En efecto, no veo por qué no...

–Ah, pensaba que era una carga secreta...

–No, se trata de la princesa Narika que debía ser transportada para ser coronada...

–Ahora, que lo pienso... Esta muchacha no es boliana...

–En efecto, se trata de la princesa Narika de Merenda III, que debía ser transportada para su coronación. Esta princesa se encontraba en el exilio y en dicho exilio contó con la ayuda de un grupo empresarial boliano.

–Ah, muy bien... Tendré que leerme más a menudo la prensa, que no tenía ni idea de quien era esta señorita...

–En efecto, dicha coronación fue anunciada en todos los medios de información espaciales del cuadrante.

–Me parece muy bien... Lástima que la princesa llegue un poco tarde a su coronación... Pero bueno, 400 años tampoco son tantos años...

–Ciertamente, tan solo llegará 400 años tarde.

–En fin, pues una vez hecha la revisión ordinaria, me vuelvo a dormir....

Así volví a la capsula de estasi y empecé a dormir de nuevo. Lleva unos pocos minutos intentando dormir, empezando ya una fase de duermevela, cuando me sobresaltó de nuevo un zumbido electrónico de gran intensidad...

–¿Qué es ese ruido? ¿Ya hemos llegado? Pero si me acabo de acostar...

–No, no hemos llegado.

–¿Entonces?

–Tenemos una avería, que requiere ser reparada, evidentemente.

–Pues manda a un robot de mantenimiento...

–No dispongo de ningún robot de mantenimiento, ni de reparaciones.

–Pues estamos apañados...

–El piloto de la nave debe tener unos conocimientos de mecánica estelar...

–Pues despierta al piloto...

–Eso mismo estoy haciendo, le recuerdo que el piloto de esta nave es usted...

–Ostras, es verdad... Pero yo no tengo conocimientos mecánicos, ni básicos ni avanzados...

–Le tendré que indicar en ese caso lo que hay que hacer. Por suerte no es una avería muy importante.

–Veamos, ¿qué ocurre?

–Hay un par de relés que no funcionan...

–Pues vamos a ello, a ver si hay que cambiarlos o algo así...

Hallie, me guio nuevamente por aquella nave, esta vez al lugar donde estaba la avería.

–Ya veo lo que ocurre... Estos cables se han soltado...

–En efecto hay que recolocar los cables de los relés en el orden correcto para su funcionamiento...

–Pero estos cables parecen bastante rígidos, ¿cómo se han podido soltar?

–Sospecho que han sido las ratas...

–¿Ratas? ¿Ratas del espacio?

–Sí, la nave está afectada por una plaga de ratas, al pasar por esta zona han debido desconectar los cables...

–Pues suerte que no han roído los cables...

–No, no les gusta el saber de los cables...

–Ahora que pienso, ¿cuántas ratas hay en la nave?

–Por suerte solo hay 4.986 ratas actualmente en la nave.

–Ya me van cuadrando entonces los números... Aunque aún faltan unas 10 "entidades vivas" para llegar a los 4.500 seres vivos de la nave... Claro, que con lo sucio que está esto seguro que deben ser cucarachas o algo así...

–Inconvenientes de no tener robots de mantenimiento y limpieza.

–Bueno, dime exactamente como he de reconectar los cables estos del relé...

–Se han de colocar en el orden correcto...

–Lo sospeché desde el principio... ¿Y cuál es el orden correcto?

–El orden correcto será verificado visualmente porqué las luces rojas del panel pasaran a estar en color verde.

–Muy bien, como yo no veo desde aquí las luces esas, ve avisándome cuando se vayan poniendo verdes...

–Lamento informarle que mis circuitos ópticos no alcanzan la zona de luces, por lo que no le podré ir diciendo...

—Pues si tengo que ir probando combinaciones de todos estos cables y luego asomarme a ver cómo están las luces, me puedo tirar toda la eternidad...

—En efecto, si no se conectan los cables en el orden correcto no llegaremos a destino, ni siquiera en 200 años...

—Claro, necesitaría alguien que me ayudara... Puedo ir al pasado para encontrarme con mi yo del pasado y pedirle que me ayude, aunque en el pasado no existiría esta avería... O quizás sí, o tendríamos que esperarnos a que pasara la avería y entonces seríamos tres, pues nos encontraríamos con nuestro yo del futuro... Esta idea me suena de algún relato de ciencia-ficción, claramente era de ciencia-ficción, pues no tiene mucho sentido y tiene mucho de ficción literaria...

—Si lo desea puedo despertar a su copiloto para que le ayude.

—No, despierta me si acaso a la princesa, que trabaje un poco...

—Lo lógico sería despertar al copiloto, que por definición ha de ayudar al piloto...

—Ya, pero teniendo una bella mujer alienígena desconocida... Por supuesto la copiloto que me he traído es también bella, pero la tengo ya muy vista... Es ya conocida, otra cosa es que me acuerde o sepa su nombre, pero la conozco ya de hace más tiempo...

—No entiendo su razonamiento.

—No has de entender el razonamiento, despierta a la princesa y ya está...

—¿Seguro?

—Sí... ¿Aquí quién manda? A ver...

—Lamentablemente no disponemos de un capitán en la nave.

—Pues eso, donde no hay capitán, manda marinero...

—Desconozco esa expresión...

—Bueno, que no me voy a tirar aquí 200 años discutiendo... Vamos a hablar con la princesa y que me ayude con los cables esto... Por muy princesa que sea, mientras no sea daltónica, me podrá ayudar con el tema de las luces de colores...

Así me dirigí hasta el hangar donde dormía la princesa.

–Hallie, despierta a la princesa, por favor... Mientras le voy a dar un beso que por lo visto también es una manera de despertar a una princesa...

Al cabo de unos segundos:

–Oiga, ¿qué hace usted?

–Bueno... No es un beso de buenas noches, es para despertarse...

–Eso de ir besando a desconocidas no me parece nada correcto...

–Yo le conozco, usted es la princesa...

–Sí, pero yo a usted no le conozco...

–Bueno, le estaba despertando, con un beso... Es la manera tradicional de que el héroe despierta a la princesa...

–¿Ya hemos llegado para mi coronación?

–Pues no...

–¿Pues para qué me despierta entonces?

–Le necesito para arreglar unas cosas... La nave tiene una incidencia técnica...

–Creo recordar que en la nave hay también un copiloto...

–Exacto, el copiloto, es para copitolar...

–¿Y usted entonces quién es? No me creo eso que me dice que sea un héroe... Vamos, no tiene la pinta...

–Cierto, tampoco soy un príncipe pitufo... Vamos, un príncipe azul...

–¿Entonces?

–Soy el piloto...

–Vale, muy bien, pues arregle la nave...

–No dispongo ni de robots ni de personas cualificadas para ello... Intentaré arreglar la nave con su ayuda...

–Yo no tengo formación técnica...

–Yo tampoco...

–¿Entonces?

–Contaremos también con la ayuda del ordenador de la nave... Vamos, ¿no querrá llegar tarde a su coronación?

—Ah, sí... Bueno, desayunemos algo y pongamos a trabajar... Me suena rara la palabra trabajar...

—No sé, será cosas de las princesas... ¿Pero ahora quiere ponerse a desayunar?

—Supongo que no nos vendrá de unos minutos, y siempre que uno se despierta luego hay que desayunar...

—Eso sí, tiene sentido... Y tiene razón no nos va de unos minutos... O años quizás...

—¿Años? ¿Vamos a tardar años en arreglar la avería?

—No creo... Perdone, que estaba yo pensando en otra cosa...

—Bueno, pues... Ahora no sé cómo decírselo... Pero hemos tenido otro tipo de incidencia, que nos va a retrasar unos cuantos años...

—¿Años? ¿Unos cuantos años? Debo estar a tiempo para la coronación... Cuanto llevamos de retraso...

—De momento unos 200 años, pero tranquila, que en otros 200 llegamos seguro... Bueno, si antes hacemos la reparación...

—¡Madre del amor hermoso!

—En efecto, nos encontramos en La madre del amor hermoso —dije.

—No, si ya lo sé... Era una exclamación de sorpresa... No puedo tardar 400 años en llegar a mi planeta...

—Tranquila... Estoy trabajando en ello...

—¿Cómo? ¿Qué quiere decir?

—Antes me pareció tener una idea al respecto... Ahora con el lío este de las luces y la princesa, se me ha ido de la cabeza, pero enseguida me volverá...

—¿Cómo? Una cosa tan importante y se le olvide...

—Ah, bueno, es verdad, que no recordaba que no nos conocíamos... Es que habla usted igual que cierta amiga mía y parece que la conozco de hace tiempo... Como 200 años mínimo...

—No es momento de bromas...

—Sí, perdone, ya le digo, usted no lo sabía, pero he de confesarle que sufro de amnesia selectiva...

–¿Y dice que usted es un héroe?

–Galáctico, sí.

–¿Y también me decía que era el piloto?

–También, una cosa no quita la otra...

–¿Y sufre de amnesia?

–Selectiva, sí.

–Madre del amor hermoso...

–Ahora no hablamos de la nave, ¿no?

–No... Ya sabía yo que aliarme con bolianos no era muy buena idea...

–Bueno, tranquila, el mal ya está hecho... Vayamos a desayunar con calma...

–Sí, claro, con calma... Tenemos 200 años para llegar...

–Sí, bueno, eso si me ayuda con las reparaciones de la nave, claro...

–En fin... Si he sobrevivido al exilio durante varios años... Supongo que 400 años también los podré aguantar...

–Eso es, esa es la actitud... Ya verá que después de desayunar ve las cosas con más optimismo todavía...

No sé muy bien por qué, pero para encontrar el comedor no necesité la ayuda de Hallie.

Tras el desayuno la princesa parecía un poco más tranquila. O al menos resignada...

Así que fuimos dando un paseo hasta los relés estropeados:

–Es muy fácil, yo manipularé estos cables, mientras usted está aquí mirando estas luces y cuando se enciendan en verde me avisa, ¿entendido?

–Sí, es fácil realmente... A ver si se piensa usted que por que yo sea princesa soy medio lela...

–No, para nada, que ya sé que las princesas son también muy inteligentes... Recuerdo el caso, por ejemplo, de una princesa mapuche que conocí hace unos años... Se trataba de...

–No me suelte uno de sus rollos, que ya le voy conociendo, que ha estado todo el desayuno explicándome "batallitas" ...

–Vale, vale, ya me callo y me pongo con los cables...

Al cabo de un par de minutos:

–¿Se enciende alguna luz? –pregunté.

–Ahora sí, ahora no, ahora sí, ahora no...

–Pero que dice, si ahora mismo no estoy tocando ningún cable... A ver déjeme ver... –dije asomando la cabeza para ver las luces.

–Ve, ahora sí, ahora.

–Ah, ya veo, que son luces intermitentes...

Y así fuimos haciendo hasta que todo quedó con luces verdes.

–Bueno, esto ya está... Vamos a dar una vuelta y le enseño la nave...

–¿No tendría que irme a dormir de nuevo?

–Tranquila, que tenemos tiempo de sobra...

–Oh, sí, es verdad, ya no me acordaba...

–¿Sufre usted también de amnesia selectiva?

–No, pero hay cosas que preferiría olvidar las...

Estuvimos varias horas deambulando por la nave:

–Pues esto es básicamente lo que hay en la nave...

–Pero si solo me ha enseñado la sala de control y el hangar...

–Bueno es lo que es conozco de la nave... Y el comedor, no se olvide del comedor...

–Ya veo...

–En la nave a parte hay otros seres vivos, básicamente bichos y ratas... Por lo que tengo entendido son lo que más abundan...

–Lástima no tener un gato...

–Sí, eso estaría bien, a ver si evoluciona como el Gato del Enano rojo...

–No conozco a ese Enano...

–Es una nave muy conocida, también de estas grandotas... Ah, sí, tenemos también un perrillo, lo que no sé por dónde anda y no sé si evolucionará tan rápido como un gato...

–Bueno, pues ahora sí que creo que tendría que irme a dormir...

–Hay un tema un tanto delicado...

–¿Cuál?

–El tema de la repoblación de la nave...

–¿Repoblación? No creo que se tenga que repoblar una nave... Vamos, no suelen estar pobladas, por lo que no es necesario volverlas a poblar...

–Bueno, está claro, que si solo hay un hombre y una mujer...

–No me gusta el cariz que está tomando la conversación...

–Tiene razón, hay otra mujer en la nave, que es la copiloto, pero no creo que sea necesario despertarla en estos momentos... Luego más tarde si eso, cuando pasen unos años...

–Ciertamente, aunque estemos en una nave de velocidad relativista, no se trata de una nave generacional, por lo que el número de individuos que estemos en ella no ha de influir en nada...

–Sí, aunque tardemos otros 200 años en llegar, podemos sobrevivir ese tiempo durmiendo plácidamente... No es necesario que nos distraigamos con otras... Actividades...

–Eso es, así que será mejor que volvamos a nuestras cámaras de sueño, que nos queda todavía un largo viaje... Así que vamos a acostarnos... Cada uno en su cama, eso sí....

–De acuerdo, de acuerdo.

Y así volvimos cada uno a su sarcófago de animación suspendida.

Empezaba ya adormilaba, cuando volvió a mi mente una idea que tenía medio olvidada... Claro que, si me dormía de nuevo del todo, ya no me volvería a acordar hasta después de 200 años o más... Así que pegué un bote e interrumpí el proceso de animación suspendida.

–Señor Jim, ¿qué ocurre? –preguntó Hallie, la computadora de la nave.

–He tenido una idea... Bueno, creo que la tuve antes, pero ahora la estaba recordando...

–No puede interrumpir el proceso de animación suspendida, así como así, no es como si se durmiera realmente.

–Perdona Hallie, pero es que es una cosa bastante importante... Se me ha ocurrido la idea de solucionar este tema...

–¿Qué tema? No hay nada que solucionar. Ya arregló el tema de los relés de la nave, ¿no lo recuerda?

–Sí, sí, me refería al otro tema...

–¿Qué otro tema? No tengo constancia de ninguna otra avería.

–El tema del viaje en sí...

–Seguimos el rumbo correcto, el viaje marcha correctamente.

–Bueno, quizás programé mal el tiempo de viaje... Tenía que llegar antes de 400 años, eso seguro... Por muy lenta que sea la nave, había una ruta más corta que llevaría menos tiempo...

–Ciertamente. Aunque ahora ya es demasiado tarde, a no ser...

–Eso es... Tengo la manera de solucionar el error inicial...

–¿Tiene pensado viajar al pasado para advertirse a sí mismo de que debe introducir los datos correctamente?

–No, eso provocaría una paradoja, no puedo encontrarme conmigo mismo en el pasado...

–Por cierto, estamos partiendo de la premisa que tiene usted la capacidad de viajar en el tiempo... Cosa qué...

–En efecto, tengo esa capacidad... Bueno, yo innatamente no, pero llevo puesto mi TUP...

–Desconozco el significado de tub

–Es un dispositivo para viajar en el espacio-tiempo.

–¿Y qué hace usted entonces en una nave?

–Soy piloto de naves, no de tups, aunque lo tengo bastante dominado, eso sí... Además, lo cierto es que me pagan bastante bien por pilotar esta nave... Por llevar el TUP de momento no me pagan nada...

–Y bien, ¿cuál es su idea?

–Ves despertándome a la princesa y te cuento...

Y así volví de nuevo al hangar de la nave. Busqué el nicho de la princesa, levanté la tapa y me puse a zarandearla...

—Eh... Ah, de nuevo el acosador... Digo, de nuevo el piloto de la nave...

—Sí, soy yo el piloto...

—No pienso repoblar nada con usted...

—No, le despierto por otro motivo...

—¿Qué ocurre?¿Más luces para arreglar?

—No, se me ha ocurrido una manera de que llegue a tiempo a su coronación...

—Está usted más loco de lo que creía.... La coronación fue hace 200 años...

—Mire tengo esto para solucionarlo...

—Oh, un reloj muy bonito, pero no veo en que nos puede ayudar...

—En realidad es un TUP

—¿Un tub?

—¿Qué pasa? ¿Qué no pronuncio bien las pes? Es un TUP, es un dispositivo de desplazamiento espaciotemporal...

—Ah...

—Agárrese a mí, que vamos a viajar hasta su planeta....

Y así activé el TUP y nos desplazamos hasta el momento de la coronación en el planeta de la princesa...

—Pues ya hemos llegado...

—Oiga, ¿y qué pasa con el perrete?

—¿El perrete?

—El que me dijo que estaba en la nave...

—Pues no sé, si ha sobrevivido más de 200 años, no le vendrá de 200 más...

—Si usted lo dice...

—Ostras, lo que me preocupa ahora más es que en la Madre del amor hermoso se ha quedado mi copiloto...

—Pues vaya...

—Sí, ya sabía yo que me dejaba algo... Cosas de la amnesia selectiva, supongo...

–Bueno, pues vuelva a por el perrete y el copiloto suyo...

–No puedo, al ser la nave el punto de destino y estar esta en movimiento no puedo fijar correctamente las coordenadas espacio temporales...

–Pues vaya faena...

–Sí, este dispositivo se desarrolló inicialmente para viajar en planetas, que están más o menos quietos, para naves en movimiento no sirve...

–Bueno, me voy a la coronación, gracias por todo...

–De nada, era mi trabajo... En cuanto a lo de mi copiloto, de momento no me queda otra que esperar... A ver si se me ocurre algo... Si no, tendré que esperar como 200 años...

# Casi que... No

—Bueno, señor Jim es hora de que repasemos el plan... —dijo el pequeño indio.

—¿El plan?

—Sí, recuerde, el plan...

—¿El plan?

—Claro, el motivo por el que le contraté, para que me ayudara...

—Ah, sí, me contrató para que hablara en una asamblea...

—Eso es, para que hablara en la gran Asamblea del pueblo Cherokee...

—¿Y usted quién es?

—Se lo acabo de decir, soy quién le contrató para que me ayudara.

—Ah... ¿Y cómo dice que se llama?

—Ostras, al final será cierto aquella leyenda de que usted sufre de amnesia....

—Selectiva... Y no es una leyenda, ya ve que es la realidad...

—Pues no entiendo como puede ser usted un gran héroe teniendo amnesia...

—Selectiva, que siempre se le olvida...

—Eso, que siempre se le olvidan algunas cosas, algunas importantes como por ejemplo el motivo por el que le he traído a mi planeta...

—Eso mismo... Eso me da más mérito, soy un gran héroe espacial, a pesar de mi amnesia...

—Selectiva, ya sé... ¿Pero se acuerda de quién soy?

—Usted... usted... Es un pequeño indio, cherokee, me supongo...

—Algo es algo, soy John Perrete Loco, el hijo del jefe de la gran nación Cherokee que habita este planeta...

—Ya, ya, si por su atuendo ya pensé que era usted un pequeño indio...

—Hombre, blanco, nosotros nunca hemos destacado por nuestra altura, pero vamos, usted tampoco destaca por la suya... Y eso que se supone que es un gran héroe galáctico...

—Nadie dijo que un gran héroe galáctico tenía que ser alto, vamos... Pero vamos, no se me ofenda, lo de pequeño, lo decía por su edad...

—Pues una vez aclarado quién es quién, ¿qué le parece si repasamos el plan?

—Ah sí... Un momento, pero si lo acabamos de hacer: Tengo que hablar en la Gran asamblea del pueblo cherokee... Es eso, ¿no?

—Eso es, quería ver si estaba atento y como estaba de memoria a corto plazo...

—A corto plazo, no sé, ya le digo que lo que tengo es amnesia selectiva, que vamos, tanto se me puede olvidar algo de hace años, como algo de hace poco, no "selecciona" esta amnesia mía si lo que se olvida es algo antiguo o reciente, vamos...

—Bueno, a ver como sale la cosa...

—Sí, sí, ya, lo de hablar en la asamblea, que es usted inversamente pesado a su estatura...

—¿Otra vez metiéndose con mi altura? A ver si no va a cobrar...

—Perdone, es una forma de hablar... Perdone usted...

—Bueno, la Asamblea está a punto de comenzar, así que no creo que encuentre algo mejor en tan poco tiempo...

—¿Qué insinúa?

—No, nada, nada, que seguro que lo hace usted estupendamente, por eso se ha ganado su reputación...

—Por cierto, tanto hablar de la gran asamblea esa y no me ha dicho de que va y que tengo que decir en ella...

—¡¿Cómo?! Pero si llevamos todo el viaje hablando de ello...

—Ah, ¿sí? No lo recuerdo...

—Preste atención: Vamos a celebrar una asamblea para decidir si hacemos un casino en el planeta o no.

—Ah, un casino, eso es típico de los indios, sí... Me cuadra...

—Pues eso, que no se le olvide, es un tema importante que está causando una gran división en mi pueblo, estamos casi al borde la guerra civil, por eso decidí contratarle a usted...

—Entiendo, entiendo... ¿Y estamos a favor o en contra del casino?

–¡¿Cómo?! Como me pregunta usted eso a dos minutos de empezar la asamblea...

–Bueno, era para saber si estaba usted atento... ¿Cómo dijo que se llamaba usted?

–John, John Perrete Loco...

–Ah, pues eso, John, ahora en serio... ¿Qué he venido a defender en la gran asamblea, el sí o el no?

–Ay, que me va a dar algo... El no, el no... Grábeselo a fuego, ¡el No!

–De acuerdo... El no... Pero concretamente, ¿el no a qué?

–El no, el no a la construcción del gran casino cherokee... Si vinimos a este planeta era para mantener nuestras tradiciones...

–Pero lo del casino es una cosa muy típica de los indios americanos...

–Ya, quiero decir, nuestras tradiciones más ancestrales, las anteriores a la invención de los casinos...

–Entiendo...

–Espero que sí, que ya le toca a hablar... Ande suba al entarimado...

Y así lo hice. Estábamos en una gran llanura, llena de indios. Y allá en medio habían montado un entarimado, así que subí a él y me puse a hablar...

–Como alcalde vuestro que soy, os debo una explicación... Y como alcalde vuestro que soy os la voy a dar...

–¿Qué es un alcalde? –preguntó alguien entre el numeroso público asistente.

–¿Un alcalde? Pues un alcalde... No sé, como una especie de figura autoritaria...

–Pero a usted no le conocemos... –comentó otro de los presentes.

–Eso, ¿cómo puede ser una figura autoritaria si no le conocemos? –pregunto otro de los indios.

–Bueno, ¿no me han presentado?

–No, solo nos dijeron que vendría alguien de fuera a hablarnos de los casinos...

–Bueno, pues soy un gran héroe galáctico...

–¿Y qué sabe usted de casinos? –preguntó otro de los indios allí reunidos.

–¿De casinos? Pues lo cierto es que no sé gran cosa... No soy muy dado al juego yo... Quizás al juego de rol sí, aunque eso fue cuando era yo más joven...

–¿Y qué opina de que dejen fumar dentro del casino?

–Bueno, por lo que sé... Los indios son muy dados a fumar en pipa... Está la expresión aquella de "está más chupao que la pipa de un indio" ...

–No conocemos esa expresión, ¿qué quiere decir?

–No sé, la verdad... Pero está aquello de la pipa de la paz, fumemos la pipa de la paz... Hemos de llevarnos todos bien... Y esas cosas...

–¿Usted fuma?

–No, no voy a casinos, ni fumo... Lo de las prostitutas creo que tampoco lo he practicado, ahora que lo pienso...

–¿Habrá furcias en el casino? –preguntó otro indio que parecía interesado en el tema.

–Pues no sé... Me imagino que no, que al casino se va principalmente a jugar y a fumar como mucho....

–Si no sabe nada del tema, ¿por qué viene a hablarnos entonces?

–Bueno, algo del tema sé, que soy bastante fan de Bender...

–¿Quién es Bender?

–¿Qué son tantas preguntas? Yo venía a hablaros de las bondades de los casinos, para que votéis en esta asamblea a favor de construir uno....

–No, no, usted está en contra, en contra... –me dijo desde un lateral el pequeño indio John.

–Ah, eso... Que los casinos son una cosa muy mala... Que el tabaco es malo, fumar está mal, las prostitutas cuestan mucho dinero y arruinan familias, dicen...

–¿Pero entonces está a favor o en contra del casino?

–Bueno, como todo, tiene su lado bueno y su lado malo...

–Que desastre, que desastre –oí que se lamentaba John Perrete Loco.

–Un momento, un momento... Basta ya de discutir –dijo un indio subiendo al entarimado.

–¿Usted quién es? –le pregunté.

–Soy John Perrazo Loco, jefe de la nación cherokee...

–Ah, vale, vale, hable usted.

–Pues eso, que vale ya de discutir, arreglemos las cosas como siempre se ha hecho... Con un combate singular.

–Eso, eso –corearon desde el público.

–A ver usted como se llama.

–Jim, piloto Jim –dije.

–¿Usted está a favor o en contra?

–Muy en contra. Yo siempre estoy en contra de la violencia y de los combates.

–No, hombre, no, ¿que si está a favor o en contra del casino?

–Ah... Pues yo... A ver déjeme pensar... –Miré a Perrete loco.

–En contra, en contra –dijo John Perrete loco.

–En contra, en contra, por supuesto –repetí yo.

–Bien, pues usted peleará en contra de la construcción del casino. Ahora que suba al estrado Águila Coja, el principal defensor de la construcción del casino.

Entonces subió al estrado un venerable anciano, que sí, cojeaba un poco.

–Eso, eso que suba y yo pelaré con él.

–Tranquilo piloto Jim, que ya está aquí con nosotros.

–Yo elegiré también a mi campeón...

–Ah, ¿que no tengo que luchar con él?

–No, él es un venerable anciano y tiene derecho a escoger a su campeón –explicó John Perrazo Loco.

–Yo elijo a mi hijo, Águila Furiosa...

Y entonces de entre el público surgió un indio de dos metros veinte y cuadrado como un armario empotrado, el cuál fue jaleado por el público asistente.

—Madre del amor hermoso —acerté a decir viendo lo que se me venía encima.

—No, su madre murió hace muchos años... —comentó el venerable anciano.

—Bien, una vez escogidos los campeones de ambos bandos, tendrán que luchar en el barro.

—Sí, hombre, y nos tendremos que poner bikini y todo. —comenté yo.

—No sé qué es un bikini de esos, pero no se han de poner nada, será lucha a pecho descubierto.

—Sr. Perrete, ha sido un placer, me tengo que marcharme ya...

—¿Cómo? No se puede marchar, así como así, delante de toda esta gente...

—Ahora verá que sí...

—Pero, pero... Yo confié en usted para que nos ayudará... Creía que era usted un gran héroe galáctico, un héroe nunca huye....

—Bueno, no lo entienda como una huida, piense que es una retirada estratégica... Me marcharé a meditar sobre el tema y vendré en poco tiempo con la solución...

—No me puede dejar así...

—Oh, oh...

—¿Qué le ocurre ahora?

—¡El TUP no está!

—No sé qué es un tub...

—Es un dispositivo espaciotemporal, lo suelo usar para huir... Digo, para viajar... Me lo he debido dejar en algún sitio... me cachis...

—¿Quiere decir entonces que se queda?

—No me queda más remedio... Aunque dudo que pueda vencer a ese pedazo indio...

Así empezó el combate. Llevaba un buen rato siendo apalizado por aquel enorme indio... No sé cuánto exactamente, a mí me parecieron horas, pero quizás solo fueron unos pocos minutos... Cuando de repente, el indio Águila Coja habló así:

–Ya es suficiente, mi familia y seguidores retiramos el apoyo al casino, este ya no se hará...

Mi nuevo amigo el pequeño indio Perrete Loco, me sacó del barro y me hizo unas primeras curas, lo cual agradecí, lástima que los indios estos no utilizaran calmantes y otras medicinas del hombre blanco...

–Ay, señor Perrete, siento no haberle podido ayudar más...

–No se preocupe Sr. Jim, al final ha hecho lo que ha podido...

–Lo que no acabo de entender cómo es que Águila Coja ha retirado su apoyo al casino...

–Hemos llegado a un pacto, así que a cambio de retirar su apoyo me he de casar con su hija mayor...

–Vaya, pues se podía haber comprometido antes con ella y me hubiera ahorrado la paliza...

–Supongo, lo que ocurre es que su hija, Águila Emplumada, no es muy agraciada...

–Bueno, en la vida a veces hay que hacer sacrificios...

–Sí, eso me temo...

–Mire me a mí la paliza que me han dado... Y usted solo se ha de casar...

–Pues sí, aunque la tal Águila Emplumada... Es un tanto... Peluda, pero bueno, intentaré convencerla de que se afeite la barba...

–Cómo dijo un hombre muy sabio, hace muchos años, el bien de la mayoría supera al bien de la minoría o al de uno solo...

# Fanáticos

–¡Está usted loco!

–Pero no grite...

–¿Cómo quiere que no grite si me acaba de decir que viene a secuestrarme?

–No, no le he dicho eso... He dicho que venía a "rescatar le" –le dije a aquel hombrecillo con túnica.

–¿A rescatarme? Permita me que lo dude... Viene usted a mi casa y dice que se me va a llevar consigo... Eso claramente es un secuestro...

–No. Primero, que usted no está en su casa, está en una especie de monasterio y segundo usted está preso de una secta...

–Oiga, eso que llama usted secta es mi familia...

–Bueno, llame los como quiera, pero me ha contratado su auténtica familia, en concreto su hermano para que venga a rescatar le...

–Yo renuncié a la vida del exterior voluntariamente... No sé por qué ha de venir nadie a sacarme de aquí en contra de mi voluntad...

–Le lavaron el cerebro y su hermano preocupado por usted me ha contratado para que le saque de aquí...

–¿A usted? ¿Un hombrecillo bajito y gordito?

–Oiga, un respeto, que soy un gran héroe galáctico...

–Pues ni que fuera usted Calico Electrónico... Tiene usted incluso bigote...

–No solo bigote, también barba... Pero ese no es el tema... Tiene que venirse conmigo... Si no le aturdiré con esta pistola que llevo bajo la túnica...

–Vaya, pensaba que se alegraba de verme...

–Déjese de bromas, que no nos conocemos –le dije a aquel hombrecillo.

–Le he dicho que no, y es que no... No pienso irme con un desconocido, por muy héroe que diga ser...

–Soy el piloto Jim, quizás haya oído hablar de mis heroicidades...

–Pues lo siento, pero no... El único piloto que conozco es el automático...

–Claro, al estar aquí aislado, es lógico que no me conozca...

–Le repito que estamos viviendo en comunidad mis auténticos hermanos y yo, pacíficamente...

–Quizás, pero su hermano autentico me ha contratado para rescatar le, Sr. Lester...

–Mi nombre es Hermano Lester, y ya le digo que mis auténticos hermanos están aquí dentro, no me insista más...

–Permita me que insista...

–Haga lo que quiera, pero no me iré con usted... Que solo hace que mentir... Menudo héroe...

–Bueno, quizás su hermano no me escogió para esta misión por mi apariencia, ni por mis heroicidades...

–Ve lo que yo le decía...

–Su hermano John, como ya sabrá, es un reputado médico y leyó sobre mí en una revista médica...

–Lo que yo le decía, está usted loco, es un caso patológico del que se habla en revistas del gremio...

–No, él leyó sobre mi caso de amnesia selectiva...

–Menuda memez, será memoria selectiva...

–No, amnesia selectiva... Su hermano pensó que al sufrir yo de amnesia selectiva, resistiría estupendamente las dotes "persuasivas" del líder de esta secta...

–No dice usted más que tonterías...

–Su hermano tiene la teoría que mi amnesia selectiva me sirve como antídoto al lavado de cerebro...

–Paparruchas. Por mucho que me repita lo mismo, no me va a convencer...

–Dijera lo que me dijera el líder de la secta, como se me olvidaría enseguida, no tendría un efecto duradero sobre mí y así podría rescatar le a usted...

–¿Qué es este escándalo? ¿Qué está pasando aquí? –dijo uno de esos fanáticos sectarios acercándose a nosotros.

–Nada, nada, aquí charlando amigablemente con mi hermano Lester –respondí.

–¿Y usted quién es? –preguntó el recién llegado, un hombre calvo y corpulento.

–Soy el hermano Jim...

–No tenemos ningún hermano Jim... Bueno, tenemos al hermano James, pero no es usted...

–No, claro, yo soy el hermano Jim... Ya le dije...

–Somos una comunidad pequeña y nos conocemos todos... Y a usted no le reconozco...

–¿No sufrirá usted de amnesia selectiva? –pregunté.

–No diga tonterías, en todo caso sería memoria selectiva...

–No sé, yo no soy médico, solo soy un hermano...

–Déjese de tonterías, acompáñenme los dos al despacho del Líder Supremo y allí aclaremos este tema...

–Oiga... –empecé a decir, pero aquel tipo enorme nos agarró a los dos en volandas y nos llevó al despacho del líder de la secta...

Al entrar me sorprendió un poco ver varios blasones con animales de bosque... Un ciervo, un lobo, un oso... Que enseguida relacioné con cierta serie de televisión mítica... Esta sospecha se me confirmó al ver que en la estantería del despacho había varios libros que habían inspirado dicha serie televisiva...

–¿Qué ocurre hermano Herman? –preguntó el líder.

–Estos dos estaban discutiendo en uno de los pasillos... Al escuchimizado calvito, lo conozco, es el hermano Lester, pero al otro canijo y gordito no lo conozco de nada...

–Yo tampoco... Y es extraño pues aquí nos conocemos todos los hermanos –añadió el líder.

–¿No sufrirá usted de amnesia selectiva?

–Yo soy el líder, no sufro nada...

–Ah, pues no sé...

–Ese es el problema que usted no me conoce a mí y es obligación de todo hermano conocer a su Líder Supremo...

–Además lleva barba, que es una cosa prohibida por nuestras enseñanzas... –añadió Herman.

–¡Es cierto! No conozco de nada a este tipo... Me quería secuestrar y llevarme lejos de la comunidad –dijo el hermano Lester.

–Eso ya no lo sé, yo me los encontré discutiendo en el pasillo, y el canijo barbudo me dijo que se llamaba hermano Jim...

–Está claro que es usted un intruso que ha venido a perturbar la paz de nuestra comunidad...

–Yo solo he venido a rescatar al que ustedes llaman hermano Lester... Me contrató su hermano, su hermano de verdad, para que lo sacara de aquí...

–¿Contrató a un tipo bajito y gordito para que realizara un "rescate" como usted lo llama?

–Bueno, ya sabe que las apariencias engañan... Y aquí donde me ve soy un gran héroe galáctico...

–Pues no lo parece... Y nunca oí hablar de un héroe llamado Hermano Jim...

–Obviamente ese no es mi verdadero nombre, yo soy realmente el piloto Jim...

–Hermano, piloto, tampoco me suena para nada... El único Jim que me suena, es el mítico capitán de la flota estelar, que creo que era también gordito como usted...

–Gracias por la comparación...

–Aunque usted claramente no es el capitán Jim... Y está claro que un piloto no entra en la misma categoría que un capitán...

–Cierto, pero no quita para que sea un gran héroe galáctico igualmente...

–Bueno, déjese de rollos, está claro que usted es un intruso y por tanto hemos de ejecutarle...

–Un momento, no pueden cogerse la justicia por su mano y ejecutarme impunemente....

–Yo aquí soy el Líder Supremo y se hace lo que yo digo...

–Exijo un juicio por combate –dije.

–Ah, veo que usted también conoce la saga... Me parece buena idea... Luchará contra el hermano Herman...

–Un momento, tengo derecho a elegir a mi campeón....

–Bien, adelante... Elija...

–Elijo al hermano Lester....

–¡¿A mí?! Pero si no nos conocíamos de nada hasta ahora...

–Bueno, pero es usted al único que conozco de aquí... Además, su hermano me dijo que le trajera de vuelta, ya me inventaré algo para explicarle en qué estado le devuelvo a su hermano...

–Esto es una locura...

–Ya he hecho mi elección de campeón... No se me queje tanto, haberse venido conmigo sin discutir tanto...

–Basta ya de hablar. Ahora es momento de luchar. Hermano Herman y hermano Lester, tenéis que luchar en combate singular.

El hermano Herman se quitó la túnica... Por suerte debajo de la túnica llevaba unos pantalones marrones... Quedando así su torso musculoso al descubierto.

El hermano Lester en cambio de acercó a Herman y le dio una fuerte patada en la entrepierna. Lo que ocasionó que este cayera al suelo dolorido agarrándose sus partes.

–Vaya, que combate más corto...

–Quizás ustedes no sabían que antes de entrar en la Hermandad fui cinco veces campeón mundial de tiat-su, una ancestral arte marcial de este planeta.

–Yo si lo sabía no me acordaba. En cualquier caso, ha finalizado el juicio por combate, por lo que declaro ganador al llamado Sr. Jim.

–¡Yupi!

–Eh, que el que ha ganado el combate he sido yo. Por lo que decido quedarme tranquilamente en la Hermandad –replicó el hermano Lester.

–No es posible, aparte de que el ganador es el tal Jim, no queremos en la hermandad gente que agrede a sus hermanos...

–Pero, pero... Si lo hice por orden del Gran Líder, es decir por orden suya... –argumentó Lester.

–El motivo es lo de memos, no permitimos agresiones dentro de la Hermandad... Por lo que queda expulsado de la misma...

–Ale, eso le pasa por no quererse ir conmigo desde el principio... Ahora lo tiene que hacer por obligación y sin tener una hermandad a la que volver...

Y así rescaté a ese pobre hombre de aquella secta destructiva... Para que luego digan que ver series de la tele no sirve para nada...

# Duelo al amanecer

–¡Déjeme en paz ya de una vez! Le vuelvo a repetir que no necesito ayuda...

–Está usted confundido... Le insisto que he venido a rescatar le...

–Y dale, que no me ha de rescatar usted de nada –insistió aquel joven.

–No sé que pasa últimamente que nadie quiere ser rescatado... Esto con las princesas alienígenas no me pasaba...

–Así que es usted un secuestrador de mujeres que hace trata de blancas...

–Se equivoca, oiga un respeto...

–¿Y ahora quiere cambiar de negocio y secuestrar jóvenes lozanos?

–Está usted muy confundido, yo soy un gran héroe galáctico... Soy aquel que llaman piloto Jim...

–No lo conozco... Y aunque le conociera ya le digo que no necesito nada de usted....

–Pero está usted en grave peligro...

–No sé de dónde ha sacado esa absurda teoría... Ya ve que vivo en este apacible pueblecito, principalmente de agricultores y ganaderos...

–Sí, ya me ha parecido que este es un pueblo como del oeste...

–¿Del oeste? ¿Del oeste de dónde? Estamos al caluroso sur del planeta... No en el oeste...

–No, no hablaba en términos geográficos, si no socioculturales...

–No sé de qué habla, piloto Jim.

–Que este pueblo se parece a los pueblos que había en el siglo XIX al oeste de los Estados Unidos, un país de la Tierra...

–Usted sabrá, yo le repito una vez más que me deje tranquilo ya de una vez, por favor...

–Pero es que no entiende que he venido a ayudarle...

–No necesito ayuda con nada... No sé qué le hace pensar que estoy en peligro o algo así...

–Está claro...

–Pues yo no lo veo tan claro, la verdad...

–El profesor Jones me explicó que el TUP ha desarrollado una especie de inteligencia artificial y me transporta allá donde mi presencia es necesaria para ayudar a los desvalidos...

–No he entendido nada de lo que me ha dicho... Si eso pretendía ser una explicación...

–Claro, usted no debe conocer al profesor Jones, no es tan conocido como yo, a pesar de ser un gran inventor, eso sí...

Estábamos en una adorable casita de madera y de repente se abrió la puerta y entró un muchacho con un bate de beisbol, gritando estas palabras:

–¡Ey, Joe, espabila que ya está aquí Malone y su banda!

–¿Quién es Malone y su banda? –pregunté.

–Malone es el líder de una banda de forajidos que viene cada dos meses a saquear el pueblo...

–¡Ajá! ¿Ve cómo necesitaba ayuda con algo?

–No, tranquilo, nos hemos armado y tenemos un plan...

–¿Se han armado?

–Sí, con utensilios del campo, ya sabe, hoces, guadañas, azadas y esas cosas...

–Ya veo ya... Me imagino que Malone y su banda tendrán armas más potentes...

–Pues sí, armas de proyectiles, ya sabe, pistolas, revólveres...

–Ya me imagino sí, por eso tengo que ayudarles, no tienen nada que hacer con sus palos contra hombres peligrosos y fuertemente armados...

Salí entonces y me hice paso entra la multitud que se había congregado a la entrada del pueblo.

Delante de ellos había 7 jinetes, vestidos de vaqueros del oeste, con sus vaqueros, sombreros y demás... Destacaba uno grandote, totalmente vestido de negro y albino, con una larga cabellera blanca y un parche en el ojo...

–Usted debe ser Malone... –Me dirigí al albino melenudo.

–Sí, ¿Quién lo pregunta?

–El resto debe ser su banda... Yo soy el piloto Jim...

–¿Piloto? ¿Piloto de qué?

–Bueno, eso ahora no viene al caso... No les voy a permitir que saqueen una vez más el pueblo este tan adorable y bucólico...

–¿Ah sí? ¿Tú y cuantos más?

–Bueno, en principio yo solo... Con mi ingenio y tecnología... Pero bueno, que si hiciera falta tengo aquí detrás a todo el pueblo fuertemente armado...

–¿Fuertemente armado? Jajajaja –rió el tal Malone.

–Pregunta usted mucho... En cualquier caso, las cosas no se hacen así...

–¿No se hacen así? –preguntó de nuevo Malone.

–Lo dicho, pregunta usted demasiado... Pero bueno, le explico, le reto a un duelo, a usted solo, usted y yo solos, vamos...

–Estupendo, soy un gran pistolero...

–Vaya, esta vez no me ha preguntado que es un duelo, pero bueno... No es lo que usted se imagina...

–Ah, ¿no?

–Eso es, volvamos a lo de las preguntas y yo le explico... Últimamente me he estado entrenando en la lucha cuerpo a cuerpo, con diferentes individuos e incluso son indios...

–Sí, de eso también tenemos aquí...

–Bueno, el caso es que vamos a luchar usted y yo...

–Como quiera, parece usted muy escuchimizado y poco en forma, cuanto antes acabemos mejor...

El tal Malone bajó de su caballo, se quitó el sombrero y la camisa.

–Veo que ya lo va entendiendo, vamos a luchar por este pueblo... PLAFF –Mis palabras fueron interrumpidas por un fuerte guantazo que me dio el tal Malone mientras estaba distraído...

–A ver si así callas un rato...

–Eh, oiga, que no me ha dejado ni arremangar me...

–Vamos, espabila que no tenemos todo el día...

–Mira, si hubieras dejado arremangar me, hubieras visto que llevo esto en mi muñeca...

–Ah, bonito reloj...

–No es un reloj... Es un ingenio mecánico de alta tecnología, con el cuál desapareceré, haciéndome invisible y no verás de donde te vienen las ostias...

–Ah, me gustará verlo, bueno, no verlo en este caso... Jajaja –río de nuevo Malone.

–Sí, tu ríete que el que ríe el último...

–Veo que no te has percatado que tu bonito reloj está algo roto...

–¿Cómo? ¿Roto? –entonces miré el TUP que llevaba en mi muñeca y en efecto parecía algo roto...

–Se te ha debido romper al caerte tras el golpe... –observó Malone.

–Ostras, ahora sí que estoy perdido, este tío me va a hacer picadillo...

–Ey, Malone, déjate de peleas y corre al caballo ¡que vienen los indios!

–¿Los indios?

–Sí, ya le dije que tenemos por aquí indios... –dijo Malone subiendo a su caballo y saliendo al galope junto con su banda.

–¿Qué pasa aquí?

–Piloto Jim yo le explico –dijo el muchacho aquel, el tal Joe –Como le dije antes teníamos un plan, hemos hecho una alianza con los indios a cambio de parte de la cosecha ellos nos dan protección ante Malone y su banda...

–Vaya, había oído aquello de que en el último momento llegaba el séptimo de caballería, pero nunca pensé que en este caso la caballería serían los indios...

## Por mis pistolas

—Ah, señor Jim, venga conmigo que necesito que me ayude con una cosa...

—Precisamente, Profesor Jones, le andaba buscando por qué quería pedirle ayuda...

—A ver, usted sabe que trabajamos para el Imperio Cardasiano y que yo llevo más tiempo trabajando con ellos, además de tener yo más prestigio... Así que podemos decir que yo tengo un rango más elevado que el suyo...

—Claro, claro...

—Por lo que, en cierta manera, soy su superior, así que ayude me usted primero...

—Pero es que lo mío es muy importante...

—Ya será menos...

—Además, aunque usted sea mi superior igual puede ayudarme, ¿no?

—Ciertamente, una cosa no quita la otra...

—Pues eso, ¿qué le cuesta echarme una manilla?

—Está bien, creo que acabaremos antes si le ayudo a usted primero, lo mío no es muy urgente la verdad —dijo con cierta resignación el profesor Jones.

—Verá, recientemente he tenido que pilotar una nave enorme...

—No me diga más, a quién se le ocurre ponerle a pilotar... Seguro que ha estrellado la nave... O algo mucho peor...

—No, no, no es eso... Me contrataron unos bolianos para llevar a una princesa alienígena hasta su planeta natal para que fuera coronada... Lo que ocurre es que era una nave de velocidad inferior a la de la luz y no sé muy bien que pasó, pero me desperté a los 200 años, faltando otros 200 para llegar a destino, por lo que íbamos a llegar tarde seguro, vamos, así que se me ocurrió usar el TUP para viajar al pasado y llegar a tiempo al planeta de la coronación...

—¿Otra vez enredando con el TUP?

—Bueno, era para salvar a una princesa alienígena....

–Usted y sus princesas alienígenas... Siempre igual.

–Es mi trabajo, un héroe galáctico es un héroe galáctico...

–Mejor dejemos ese tema... A ver, ¿si salvó ya a la princesa para qué quiere mi ayuda?

–Ah, eso... Bueno, le explico... En la nave aquella grandota, donde iba la mercancía preciada, que era la princesa, resulta que iba también mi copiloto, que resulta que es una buena amiga mía...

–Usted y sus amigas...

–Bueno, el caso es que se me olvidó llevarme también a mi amiga de la nave y quisiera volver a ver a mi amiga lo antes posible y no dentro de 200 años claro... Que para entonces no sé yo si estaré para ver algo...

–Mm, déjeme pensar....

–Por eso necesito su ayuda, para que invente algo o modifique el TUP para poder viajar de nuevo a aquella nave y rescatar a mi amiga...

–El TUP no puede usarse para desplazarse a un punto del espacio en movimiento... A excepción de un planeta, vamos, que tiene una situación más o menos fija o una órbita constante y concreta conocida... En general vamos... Viajar de nave en nave en movimiento podría hacerse con el TUP, pero dentro de la misma línea temporal... Vamos, que podría desplazarse entre dos naves en movimiento o similares, pero no a la vez en el tiempo, salvo quizás unos segundos... No más...

–Bueno, lo que sea, por eso le digo que modifique el TUP o invente algo para solventar este tema y que pueda volver a la nave enorme que ahora debe estar en el futuro para rescatar a mi amiga...

–Ajá, ya lo tengo... Use el TUP de nuevo...

–¿Pero no me acaba de decir, profesor, que el TUP no sirve?

–No exactamente, le decía que el TUP sirve para viajar entre planetas y como sabrá, estudios recientes han demostrado que con el TUP también se puede viajar por el tiempo...

–No sé exactamente a que se refiere profesor Jones.

–Verá, lo que puede hacer es viajar en el tiempo, antes de su partida y dejarle un mensaje a su Yo del pasado recordándole que debe rescatar a su amiga, la copiloto...

–Ah, ya veo ya... Pero... Con el TUP solo puedo llevar una "pasajera" ... Así que si salvo a mi amiga no podré salvar a la princesa... No puedo llevar dos bellas damas, por mucho que me gustaría...

–No se puede tener todo en esta vida... Pero bueno, según se mire, en esta realidad usted ya ha salvado a la princesa y la ha llevado a tiempo a su coronación... Al viajar de nuevo con el TUP, alterará el pasado y creará una nueva realidad donde habrá salvado a su amiga también...

–Menudo lío espaciotemporal.

–Ya le digo, pero bueno, le repito que así salvará a las dos bellas damas...

–¿Para armar líos espaciotemporales? Si es así, soy su geminiano.

–Bueno, no me sea tan literal... Quiero decir que el TUP es útil para deshacer entuertos... Usted en realidad habrá salvado a las dos muchachas... Aunque quizás de uno de los rescates no se acuerde, depende de que en realidad alternativa se encuentre... O dada su amnesia, puede que al final no recuerde ninguno de los dos rescates, claro.

–Pues si no hay más remedio haré lo que usted me dice, viajaré al pasado con el TUP para advertirme a mi mismo de que debo rescatar esta vez a mi amiga la copiloto...

–Estupendo, una vez arreglado su tema, ahora me tiene que ayudar a mí...

–¿De qué se trata?

–Es sencillo, no necesitará el TUP, en principio, así que no será un tema espaciotemporal...

–Algo es algo.

–Verá, necesito que vaya a Risa III a buscarme una cosa que me dejé olvidada allá...

–¿Tan sencillo?

–Bueno, seguro que a usted le surge alguna dificultad.

–¿Y por qué no va usted mismo?

–Yo al contrario que usted, tengo mucho trabajo y no puedo ausentarme, así como así...

–Buueeeno

–Hay eso sí, ciertas peculiaridades.

–A ver, cuénteme los detalles...

–Como sabrá, desde que la Federación adoptó el sistema capitalista para evitar su colapso, el acceso a Risa III está un tanto restringido...

–No sé, ya no me acordaba la verdad –dije yo.

–A Risa ahora solo permiten el acceso a parejas de casados que van a pasar la luna de miel...

–Pero si yo no estoy casado, vamos, que yo recuerde... –observé yo.

–Eso es, en esta realidad usted no está casado... Por eso le necesito... Busque una de sus "amigas" que se haga pasar por su novia o esposa o algo así...

–Bueno, aún no he rescatado a mi amiga la copiloto... Pero bueno, algo encontraré.... Digo, a alguien encontraré que pueda ayudarme...

–Perfecto, ahora le dejaré todo el material que creo que necesitará y le sigo contando...

Pues la agraciada (o no) fue mi amiga la Doctor Elora. Así que fui con ella a Risa III a esa importante misión de infiltración, recuperación y rescate:

–Aún no acabo de entender por qué he de ir con este vestido de novia puesto –protestó la Doctora.

–Ya le dije que debemos pasar desapercibidos y que ahora en Risa solo aceptan personas casadas...

–¿Y no podía falsificar un contrato matrimonial y ya está?

–Era más divertido verla así.... Digo, era más práctico que se disfrazara... Más realista, vamos...

–Ya sabe mi aversión a las bodas...

–No se queje tanto, que podía haber sido una boda betazoide.

–Eso no me hubiera molestado tanto, ya sabe que soy partidaria del naturalismo nudista...

–Bueno, bueno, lo tendré en cuenta para la próxima vez.

–¿Y que tenemos que ir a buscar exactamente en Risa?

–Ah, poca cosa, un maletín que se dejó olvidado el profesor Jones una vez que estuvo de juerga por aquí... Quiso volver después a buscarlo, pero luego ya solo permitían el acceso a recién casados...

Y no se iba a casar para recoger un simple maletín, claro...

Así llegamos a Risa III. No hubo ningún problema para pasar la aduana pertinente (no sé si ayudó el "disfraz" de novia o no), tras lo cual fuimos al hotel donde estaba el maletín:

–Pues esta es la habitación donde el profesor Jones dejó el maletín que tenemos que recuperar...

–¿Y cómo es que lo dejó?

–Tuvo que salir apresuradamente del planeta con lo puesto...

–Pues vaya...

–Bueno, abro yo y pasamos, que no voy a hacer lo típico de llevarte en brazos, que a pesar de mi "corpulencia" no estoy para levantar peso...

–¿Qué insinúa?

–No, nada, que soy muy flojo... Ya me conoce doctora... –dije traspasando el umbral.

–Bueno, voy a quitarme el traje este de novia... En el baño, no se haga ilusiones.

–¿Qué pasa? Pero si yo no he dicho nada ahora...

–Por si acaso... –dijo la Dr. Elora entrando en el baño de la habitación.

A los pocos segundos volvía a salir del baño, esta vez sin el vestido de novia, diciendo estas palabras:

–Mire, Sr. Jim, ya tengo el maletín y ahora entiendo muchas cosas...

–¿Qué quiere decir?

–Mire, mire, el maletín está lleno de ropa interior femenina... Normal que por vergüenza se lo dejara olvidado...

—No conocía yo la afición al transvestismo del profesor...

Entonces llamaron a la puerta:

—¿Quién es usted?

—Soy... Ah, aquí lo tienen —dijo un señor barbudo entrando en la habitación.

—Oiga... ¿Dónde va?

—Perdonen ustedes, pero he venido a buscar este maletín que me dejé olvidado, soy representante de moda intima, como habrán podido comprobar...

—Ah usted perdone....

Cogió el maletín y se marchó por donde había venido.

—Bueno, pues ese no era el maletín...

—Ya veo ya...

—Aquí debajo de la cama está como me dijo el profesor...

—Un momento, ¿pero si ya sabías donde estaba el maletín por qué me dejas hacer el ridículo?

—¿Yo? Eres tú la que se está paseando por la habitación totalmente desnuda...

—¿Qué pasa? Te he dicho infinidad de veces que soy nudista-naturista, aparte de bajorana, claro...

—Pues mira, te hubiera ido bien algo de la ropa interior que has encontrado...

—¿Qué insinúas?

—Y dale, que no insinúo nada... Solo era por comentar...

—Bueno, pues coge el maletín y vayámonos... Tranquilo que ya me pondré algo antes de salir, pero el vestido de novia otra vez no, eso sí que no...

—No, si este tampoco es el maletín...

—¿Qué insinúas?

—Dale con las insinuaciones... No insinúo nada, afirmo, este no es maletín... Mm, digamos que el maletín que hemos venido a buscar está dentro de este maletín...

–Ay que gracioso, que es un maletín muñeca rusa, que dentro del maletín hay otro más pequeño...

–En cierta medida, nunca mejor dicho... Mira... –dije abriendo el maletín.

–Anda, hay una esfera de cristal dentro...

–Bueno, no exactamente, en realidad es un micro-universo creado por el profesor Jones... Hace un tiempo quedó aquí en Risa III con unos tipos para venderlo, cuando la entrada a Risa estaba más "relajada" ... Pero entonces recordó que cuando estuvo dentro se había olvidado su maletín...

–¿Cómo? ¿Cuándo estuvo dentro?

–Sí, cuando estuvo dentro del micro-verso que había creado, se dejó un maletín con una cosa que necesita ahora... Así que me ha mandado a mí a recuperar su maletín, no este si no el que está dentro del micro-verso...

–Menudo lío, ¿y por qué no le llevas este maletín y ya está?

–Si fuera una misión fácil no me la hubiera encargado a mí...

–¿Seguro?

–Sí, además, ahora la aduana de Risa III es muy estricta y seguro que no dejan pasar ningún micro-verso...

–Ah vale... ¿Y cómo vamos a entrar ahí? –dijo Elora señalando la esfera.

–Con esto... –dije sacándomela y diciendo –Se trata de una pistola reductora, invención del profesor, con ella nos reduciremos y entraremos a buscar el maletín del profesor... Bueno, en realidad, me ha dicho que con que le llevemos lo de dentro, ya le vale, que es realmente lo que necesita...

–Bueno, tu sabrás...

–Pues sí, así que arriba las tetas... Digo, arriba las manos... –dije disparando a la Doctora Elora.

Seguidamente yo mismo me disparé con la pistola reductora.

–¿Qué es eso de disparar sin avisar? –me recriminó la Doctor Elora.

–Te he dicho arriba... arriba las manos...

–Muy bonito... ¿Y ahora como entramos en la esfera?

–Tranquila, que para eso tengo el TUP... –dije accionando el susodicho.

Y así aparecimos en una habitación de hotel idéntica a la estábamos hacía tan solo un instante.

–Ep, hemos vuelto a nuestro tamaño normal...

–No, estamos dentro del micro-verso creado por el profesor...

–¿Seguro? Yo lo veo todo igual...

–Sí, el profesor Jones no es muy imaginativo, en este micro-verso suyo ha creado un hotel igualico al que estábamos hace un momento...

–¿Qué no es imaginativo?

–Pues no, mira, otro maletín igualito al que teníamos antes, que igualmente estaba debajo de la cama...

–Pues vaya...

–Arriba las tetas... Digo las manos, no sé en que estaría pensando...

–Pero... ¿Y esa pistola?

–La acabo de sacar del maletín este del micro-verso... Es realmente lo que hemos venido a recuperar...

–¿Otra pistola reductora?... No me digas que hay que entrar en un micro-verso que está dentro de un micro-verso que a su vez puede estar en otro micro-verso...

–No digas tonterías, ni que esto fuera Origen...

–¿Qué?

–Sí, aquella peli del Di Caprio...

–No sé de que me hablas... Y deja de apuntarme con esa pistola...

–Lo siento, pero he de dispararte...

–Vale, vale, no me meteré más contigo... por hoy...

–No, en serio, no insinúo nada, he de dispararte, lo necesitamos para salir...

–¿Qué quiere decir?

–Esto es una pistola agrandadora... No me preguntes para que la usaba el profesor en Risa III...

–¿Qué insinúas?

–Que no me preguntes... Y que no insinúo nada. Es una pistola agrandadora y punto...

–Pero...

–Sí, la necesitamos para salir, te dispararé y volverás a tu tamaño normal... Y luego yo me dispararé y volveré al mío... Y luego saldremos de Risa III...

–Que misión tan absurda...

–Bueno, es la misión que tenemos... El profesor necesita la pistola agrandadora para... Para uno de sus "experimentos" y se acordó que se la había dejado olvidada en el micro-verso que se había dejado olvidado a su vez en Risa III... O algo así, yo la verdad empiezo a estar algo confuso...

–Pues anda que yo... ¿Y no nos dejan salir de Risa con un micro-verso pero con una pistola sí?

–Eso parece... Esta pistola agrandadora la hizo, así como con apariencia de juguete, así que no levantará ninguna sospecha en la aduana...

–Sí tú lo dices... Pero, entonces... ¿Cómo salió el profesor Jones de este micro-universo en el que estamos si no tenía la pistola agrandadora?

–Es que se te tiene que explicar todo... Realmente el profesor Jones tenía otra pistola agrandadora, iba a vender una aquí, pero se iba a quedar con la otra para salir del micro-verso, claro está... Lo que pasa es que la otra que sacó del micro-verso este no sabe dónde la ha metido y ahora necesita una pistola agrandadora, como te decía y al no encontrar la del macro-verso nuestro, se acordó que tenía otra que se había dejado olvidada en el micro-verso este que está en Risa...

–Menudo lío... No sé para qué pregunto...

–Te dije que no preguntaras... Así que preparate para volver a tu tamaño normal y acuérdate de ponerte algo antes de salir del hotel... No quiero que llamemos la atención...

Bueno, lo de no llamar la atención al final no lo conseguimos del todo, pues no sé qué pasó bien bien, si la pistola no estaba bien regulada o qué... Pero la doctora Elora apareció con unos pechos descomunales a la vuelta a su tamaño "normal" ... Y yo... Bueno... También ciertas partes de mi anatomía aparecieron con un tamaño algo descomunal... Lo que me hizo pensar en para qué "experimentos" exactamente necesitaba el profesor Jones su pistola agrandadora...

Y no insinúo nada... Y, en cualquier caso, mejor, no preguntéis...


**Más en tonyjim.com**

# Sobre el autor

**Tony Jim**

Escritor de relatos cortos de ciencia-ficción ligera con toques de humor.
Entre estos relatos destacan los protagonizados por el piloto Jim.
Un extraño héroe galáctico, un tanto patoso, pero que en el fondo es buena gente.

**Más información en tonyjim.com
¿Quieres un relato para pasar el rato?
Aquí lo tienes: http://eepurl.com/cbO8RX**

**También en esta plataforma**

Sopa de
letras frikis
2
Pon a prueba tus conocimientos sobre
cultura pop, ciencia ficción y frikismo
Tony Jim

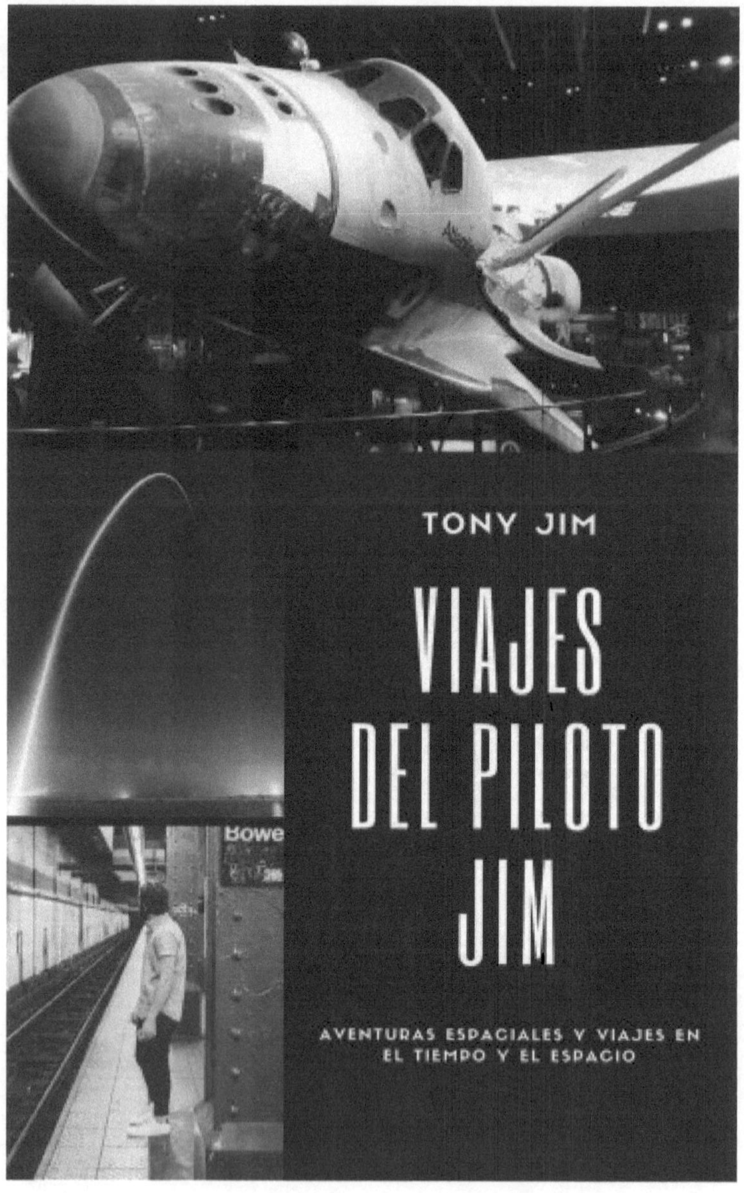
TONY JIM
VIAJES
DEL PILOTO
JIM
AVENTURAS ESPACIALES Y VIAJES EN
EL TIEMPO Y EL ESPACIO

# Don't miss out!

Visit the website below and you can sign up to receive emails whenever Tony Jim publishes a new book. There's no charge and no obligation.

https://books2read.com/r/B-A-BFNM-XKWJB

**BOOKS 2 READ**

Connecting independent readers to independent writers.

# About the Author

Escritor de relatos cortos de **ciencia ficción ligera con toques de humor**. Entre estos relatos destacan los protagonizados por el **piloto Jim**, un extraño héroe galáctico, un tanto patoso, pero que en el fondo es buena gente.

Read more at https://www.tonyjim.com/.

www.ingramcontent.com/pod-product-compliance
Lightning Source LLC
Chambersburg PA
CBHW051445140726
47987CB00006B/2556